ERA UMA VEZ UMA MULHER QUE
TENTOU MATAR O BEBÊ DA VIZINHA

LIUDMILA PETRUCHÉVSKAIA

Era uma vez uma mulher que tentou matar o bebê da vizinha

Histórias e contos de fadas assustadores

Tradução do russo
Cecília Rosas

2ª *reimpressão*

COMPANHIA DAS LETRAS

Copyright © 2013 by Liudmila Petruchévskaia

Publicado mediante acordo com a Banke, Goumen & Smirnova Literary Agency (www.bgs-agency.com).

Grafia atualizada segundo o Acordo Ortográfico da Língua Portuguesa de 1990, que entrou em vigor no Brasil em 2009.

Título original
Страшные сказки и истории

Capa
Elisa von Randow

Foto de capa
csa Images/ Printstock Collection/ Getty Images

Preparação
Leny Cordeiro

Revisão
Clara Diament e Renata Lopes Del Nero

Dados Internacionais de Catalogação na Publicação (CIP)
(Câmara Brasileira do Livro, sp, Brasil)

Petruchévskaia, Liudmila
    Era uma vez uma mulher que tentou matar o bebê da vizinha : histórias e contos de fadas assustadores / Liudmila Petruchévskaia ; tradução do russo Cecília Rosas. — 1ª ed. — São Paulo : Companhia das Letras, 2018.

    Título original: Страшные сказки и истории
    ISBN 978-85-359-3030-6

    1. Contos russos I. Título.

17-10857   CDD-891.73

Índice para catálogo sistemático:
1. Contos : Literatura russa   891.73

[2021]
Todos os direitos desta edição reservados à
EDITORA SCHWARCZ S.A.
Rua Bandeira Paulista, 702, cj. 32
04532-002 — São Paulo — sp
Telefone: (11) 3707-3500
www.companhiadasletras.com.br
www.blogdacompanhia.com.br
facebook.com/companhiadasletras
instagram.com/companhiadasletras
twitter.com/cialetras

Sumário

CANÇÕES DOS ESLAVOS DO LESTE, 9
O braço, 11
A vingança, 15
Um caso em Sokólniki, 20
Uma saudação materna, 22

ALEGORIAS, 27
Higiene, 29
A menina-nariz, 40
A nova família Robinson: Uma crônica do fim do século XX, 46
O milagre, 61

RÉQUIENS, 79
O deus Posêidon, 81
Eu te amo, 84
A casa da fonte, 93
A sombra da vida, 103
Dois reinos, 109

Tem alguém na casa, 117
A lanterna, 130

CONTOS DE FADAS, 135
O pai, 137
A mãe-repolho, 145
O segredo de Marilena, 152
O testamento do velho monge, 169
O sobretudo preto, 183
A história do relógio, 196

Este livro de Liudmila Petruchévskaia é dedicado ao amor — mais precisamente, dedicado às várias ocorrências do amor, começando pelo quase infantil, desesperado e eterno, e terminando com o amor sensato e sábio, disposto a tudo, que perdoa e salva. A escritora, ao que tudo indica, conhece uma grande quantidade de histórias, e às vezes são quase contos de fadas com final feliz, mas às vezes parecem velhas baladas nas quais o único que resta de imortal é o amor.

CANÇÕES DOS ESLAVOS DO LESTE

O braço

Na época da guerra, um coronel recebeu uma carta da esposa. Ela dizia que estava com muita saudade e pedia que ele voltasse, porque tinha medo de morrer sem vê-lo. O coronel logo pediu uma licença; pouco antes disso ele havia recebido uma condecoração, então o deixaram ir por três dias. Foi de avião, mas a esposa morreu uma hora antes de sua chegada. Ele chorou, enterrou a mulher, e estava voltando de trem quando descobriu que havia perdido a carteirinha do partido. Ele revirou todas as coisas, retornou à estação de trem, sempre com muita dificuldade, mas nada encontrou e por fim voltou para casa. Lá, adormeceu e à noite a esposa apareceu para ele, e disse que a carteirinha do partido estava ao lado dela no caixão, do lado esquerdo, havia caído quando o coronel tinha beijado a mulher. Ela também disse ao coronel para ele não levantar o véu do rosto dela.

O coronel fez o que a esposa lhe disse: desenterrou o caixão, abriu, encontrou a carteirinha do partido perto do ombro dela, mas não resistiu e ergueu o véu. A mulher parecia viva, só na bochecha esquerda havia um vermezinho. O coronel tirou o vermezinho com a mão, cobriu o rosto da mulher com o véu e o caixão foi enterrado de novo.

O tempo agora era curto, e ele foi direto para a pista de pouso. O avião necessário não apareceu, mas de repente um piloto de macacão chamuscado o chamou de lado e disse que estava indo exatamente para a mesma região que ele precisava ir, e que o levaria. O coronel se espantou: como o piloto sabia para onde ele precisava ir? Então notou que era o mesmo piloto que o havia levado para a sua casa.

— O que aconteceu com o senhor? — perguntou o coronel.
— Eu me machuquei um pouco — respondeu o piloto. — Justamente na viagem de volta. Mas tudo bem. Vou levar o senhor, sei para onde precisa ir, é o meu caminho.

Eles voaram à noite. O coronel se sentou num banco de ferro. Na verdade, ele ficou surpreso de que o avião pudesse voar. Estava muito avariado por dentro, havia farrapos pendurados por todo lado, debaixo dos pés rolava algum tronco chamuscado, havia um cheiro forte de carne queimada. Chegaram muito rápido, o coronel ainda perguntou de novo se haviam chegado lá mesmo, e o piloto disse que era exatamente ali.

— Por que seu avião está nesse estado? — censurou o coronel, e o piloto respondeu que era o navegador que sempre limpava o avião, mas ele havia queimado fazia pouco tempo. E começou a arrastar para fora do avião o tronco chamuscado com as palavras:

— Este é o meu navegador.

O avião estava numa clareira, e em volta dele vagavam feridos. Havia mato por todo lado, uma fogueira queimava ao longe, entre carros e canhões destruídos tinha gente sentada e deitada, uns de pé, uns andando no meio dos outros.

— Mas que droga! — gritou o coronel. — Para onde você

me trouxe, seu miserável? Este é o meu campo de pouso, por acaso?

— Agora esta é a sua unidade — respondeu o piloto. — Trouxe o senhor para o lugar de onde o levei.

O coronel entendeu que seu regimento estava sob cerco, totalmente derrotado, todos mortos ou feridos, e amaldiçoou tudo no planeta, inclusive o piloto, que ainda por cima brincava com o tronco que chamava de navegador e pedia que levantasse e andasse.

— Ora essa, vamos começar a evacuação — disse o coronel.

— Primeiro os papéis do estado-maior, a bandeira do regimento e principalmente os feridos em estado grave.

— O avião já não voa mais para lugar nenhum — observou o piloto.

O coronel sacou a pistola e disse que fuzilaria o piloto ali mesmo pelo não cumprimento de uma ordem. Mas o piloto ficou assobiando e pondo o tronco de pé o tempo todo, ora de um lado, ora de outro, sobre a terra, dizendo as palavras: "Venha, vamos".

O coronel atirou mas pelo visto não acertou, porque o piloto continuou a resmungar seu "Vamos, vamos", e enquanto isso o barulho de carros podia ser ouvido, e uma fileira de caminhões alemães com soldados ocupou a clareira.

O coronel se escondeu no capim atrás de uma colina, os veículos andavam e andavam, mas não houve nenhum tiro, comando ou parada dos motores. Dez minutos depois os carros passaram, o coronel levantou a cabeça — e o piloto brincava com o tronco chamuscado do mesmo jeito; ao longe, perto da fogueira, as pessoas estavam sentadas, deitadas ou vagando. O coronel se levantou e foi até a fogueira. Ele não reconheceu ninguém em volta, aquele não era de forma alguma o regimento dele, ali havia infantaria, artilheiros e sabe Deus o que mais, todos com os uniformes rasgados, com feridas abertas nos braços, nas pernas, barriga. Só os rostos estavam limpos. As pessoas trocavam palavras em voz baixa. Bem perto da fogueira, de costas para o coronel, havia uma mulher em trajes civis pretos com lenço na cabeça.

— Quem tiver patente superior, por favor, me informe a situação — disse o coronel.

Ninguém se mexeu, ninguém prestou atenção para o fato de que o coronel começou a atirar, mas quando o piloto rolou o tronco queimado até a fogueira, todos ajudaram a carregar aquele "navegador", como o piloto o chamava, para a fogueira e com ele apagaram as chamas. Ficou totalmente escuro.

O coronel tremia inteiro de frio e começou a praguejar: agora a gente não ia se aquecer de jeito nenhum, com aquele tronco o fogo não ia pegar.

E então a mulher, sem se voltar, disse:

— Por que você foi olhar para mim, por que levantou o véu? Agora seu braço vai murchar.

Era a voz da esposa.

O coronel perdeu a consciência, e quando voltou a si viu que estava no hospital. Disseram a ele que o haviam encontrado no cemitério, perto do túmulo da esposa, e que o braço sobre o qual estava deitado ficara seriamente comprometido e agora, possivelmente, ficaria murcho.

A vingança

Era uma vez uma mulher que odiava sua vizinha de quarto, uma mãe solteira com uma filha. Por isso, quando a criança cresceu e começou a engatinhar, essa mulher passou a deixar no chão, como se fosse por acaso, às vezes um pote de água fervendo, às vezes uma lata com soda cáustica ou largava uma caixa com agulhas bem no corredor. A pobre mãe não suspeitava de nada porque a menina ainda não andava, e a mãe não a deixava engatinhar pelo corredor porque era inverno. Mas chegaria o momento em que a criança poderia sair do quarto para o corredor. A mãe alertava a vizinha que bem na passagem havia uma lata, ou: "Raiétchka, você deixou cair as agulhas de novo", e a vizinha então lamentava sua memória terrível.

No passado elas haviam sido amigas, e pudera, duas mulheres solteiras num apartamento de dois quartos; elas tinham muito em comum e até convidados em comum, nos aniversários elas iam aos respectivos quartos com presentes. Além disso, elas contavam tudo uma para a outra, mas quando a barriga de Zina começou a crescer, Raia passou a odiá-la a ponto de perder a consciência. Ela ficava doente de ódio, começou a aparecer tarde em casa, não conseguia dormir à noite, o tempo todo aparecia uma voz masculina atrás da parede de Zina, parecia estar ouvindo palavras e batidas, sendo que Zina vivia completamente sozinha. Zina, ao contrário, cada vez se ligava mais a Raia e até disse para ela uma vez que era uma grande felicidade ter uma colega como aquela, era como uma irmã mais velha que nunca a abandonaria num momento difícil.

Raia de fato ajudou Zina a tricotar o enxoval do bebê e a levou para a maternidade quando chegou a hora, só que não conseguiu ir buscá-la com a recém-nascida, e assim Zina passou um dia a mais na maternidade, sem enxoval, e por fim trouxe a criança numa mantinha rasgada da maternidade, com a promessa de devolver. Raia alegou estar doente e passou o tempo todo se justificando assim, e não foi nenhuma vez ao armazém para Zina, nem a ajudou a dar banho na criança, só ficou sentada com compressas nos ombros. Ela nem olhava para a criança, ainda que Zina a levasse o tempo todo nos braços, ora para o banheiro, ora para a cozinha, ora para passear, e a porta do quarto estava sempre aberta: entre e veja.

Antes do nascimento do bebê, Zina havia passado a trabalhar em casa, aprendeu a usar uma máquina de tricô. Ela não tinha família para ajudá-la, e quanto à sua vizinha, bem, lá no fundo, Zina sabia que na verdade não podia contar com ninguém — tinha sido sua ideia ter uma filha, e agora ela mesma precisava carregar o fardo. Quando a filha era pequena, Zina levava as roupas prontas ao armazém e pegava o pagamento sozinha, deixava a criança dormindo, mas quando a menina passou a dormir pouco e cresceu, as preocupações começaram. Zina precisava carregá-la junto. E Raia continuou a se queixar das juntas, ficou até sem trabalhar por causa delas. Mas Zina não ousaria pedir para ela ficar com a criança.

* * *

Raia começou a tramar o assassinato da criança. Quando Zina levava pelos dois braços a menina que tropeçava pelo corredor, notava no chão da cozinha um copo que parecia ter água, ou via sobre o banquinho uma chaleira quente com a alça pendurada — mas ainda assim Zina não suspeitava de nada. Continuava a brincar com a filha com a mesma alegria de antes, dizendo a ela: "Diga mamãe. Diga mamãe". Mas, ao sair para o armazém ou para entregar seu trabalho, Zina passou a trancar a criança no quarto, e não sem motivo. Raia ficou absolutamente indignada. Um dia, Zina parecia ter saído, a menina acordou e, pelo visto, caiu da cama e se arrastou chorando até a porta. Raia sabia que a menina andava pouco, ela havia caído da caminha e, pelos gritos terríveis que dava, havia se machucado feio e estava deitada bem debaixo da porta. Raia não aguentava mais ouvir aqueles gritos, vestiu luvas de borracha, pegou um pacote de soda cáustica no banheiro, diluiu num balde e começou a lavar o chão do corredor, e ainda jogou por debaixo da porta onde a menina estava. Os gritos se transformaram em berros. Raia secou o chão do corredor, limpou tudo — o balde, a vassoura e as luvas —, vestiu-se e foi para o consultório do médico.

Depois do médico ela foi ao cinema, passou por algumas lojas e voltou para casa à noite. O quarto de Zina estava escuro e silencioso. Raia assistiu televisão e foi dormir, mas não conseguia pegar no sono. Zina não apareceu por lá a noite toda, nem no dia seguinte. Raia pegou um machado, abriu a porta e viu que o quarto estava empoeirado, que no chão perto da cama havia uma mancha de sangue coagulado e um rastro largo até a porta. Do derramamento de soda cáustica não havia sobrado nenhum vestígio. Raia limpou o chão da companheira, arrumou o quarto dela e passou a viver numa espera febril.

Zina afinal voltou uma semana depois, disse que havia enterrado a menina, que arrumara trabalho por uns dias e não falou mais nada. Os olhos fundos e a pele flácida e amarelada falavam por si. Raia não consolou Zina, e a vida no apartamento a partir dali ficou paralisada; Raia assistia TV sozinha e Zina ou trabalhava por dias ou ficava dormindo. Ela parecia ter enlouquecido, pendurou fotografias da filha por todo lado. A dor de Raia foi aumentando, ela não conseguia levantar os braços e andar, nem as injeções nas articulações ajudavam. Os médicos diagnosticaram depósito de sal nas juntas. Raia não tinha mais condições de cozinhar para si nem sequer de pôr a chaleira no fogo. Quando Zina estava em casa, alimentava Raia, mas Zina vinha cada vez mais raramente para casa, com a justificativa de que era penoso para ela. Raia não conseguia mais dormir por causa da dor nos ombros. Ao saber que a amiga trabalhava como auxiliar de enfermagem em algum lugar que era quase um hospital, Raia pediu que ela arrumasse um analgésico forte, do tipo da morfina. Zina falou que não podia: "Não faço essas coisas".

— Então preciso tomar mais destes aqui. Conte trinta para mim.

— Não, não vou fazer isso — disse Zina —, pelas minhas mãos você não vai morrer.

— Mas minhas mãos não se levantam — retrucou Raia.

— Você não vai se safar assim tão barato — disse Zina.

Então, a doente, com uma força sobre-humana, levou o vidrinho à boca, tirou a rolha com os dentes e despejou todos os comprimidos na boca. Zina estava sentada na cama. Raia levou muito tempo para morrer. Quando amanheceu, Zina disse:

— Agora escute: eu te enganei. Minha Lénotchka está viva, passa bem. Ela mora na Casa da Criança, sou auxiliar de enfermagem lá. Você não jogou soda cáustica por debaixo da porta, mas sim bicarbonato de sódio comum, eu troquei as latas. E o sangue no chão — foi Lena que machucou o nariz quando caiu da cama. Então você não tem culpa, não tem culpa de nada, ninguém pode provar isso. Mas eu também não tenho culpa. Estamos quites.

E então ela viu que no rosto morto transpareceu lentamente um sorriso de felicidade.

Um caso em Sokólniki

No começo da guerra, havia uma mulher chamada Lida que morava em Moscou. O marido dela era piloto, e ela não gostava muito dele, mas eles viviam muito bem. Quando a guerra começou, deixaram o marido servindo perto de Moscou, e Lida ia encontrá-lo no campo de pouso. Uma vez ela chegou lá e lhe disseram que no dia anterior o avião do marido havia sido derrubado perto do campo de pouso e que o enterro seria no dia seguinte. Lida foi ao enterro, viu três caixões fechados e depois voltou para o seu quarto em Moscou, e ali esperava por ela uma convocação para cavar valas antitanque. Ela só voltou para casa no começo do outono e passou a notar que estava sendo perseguida por um jovem de aparência muito estranha — magro, pálido, macilento. Ela o encontrava na rua, na loja onde comprava batatas, no caminho para o trabalho. Uma noite a campainha do apartamento tocou, e Lida abriu. À porta estava aquele homem, e ele disse: "Lida, você não está me reconhecendo? Sou eu, seu marido". Descobriu-se que ele não tinha sido enterrado, de jeito nenhum, tinham enterrado terra; a onda de ar o havia jogado nas árvores e ele resolveu não voltar mais para o front. Lida não perguntou como ele tinha vivido aqueles dois meses e meio entre as árvores, ele disse a ela que havia deixado tudo o que tinha na floresta e conseguido uma roupa de civil numa casa abandonada.

E assim eles continuaram a viver. Lida tinha muito medo de que os vizinhos o reconhecessem, mas tudo correu sem sobressaltos. Naqueles meses, quase todos haviam deixado Moscou. Então, um dia o marido de Lida disse que o inverno estava chegando, era preciso enterrar o uniforme que ele havia deixado nos arbustos, senão alguém poderia encontrar.

Lida pegou emprestada uma pequena pá com a zeladora e eles partiram. Era preciso ir de trem para a região de Sokólniki, depois andar por muito tempo na floresta seguindo um certo riozinho. Ninguém os deteve, e finalmente ao anoitecer eles chegaram a uma ampla clareira em cuja ponta havia uma grande vala. Já estava escurecendo. O marido disse a Lida que estava fraco, mas era preciso encher de terra aquela vala, porque ele lembrou que tinha jogado o uniforme ali. Lida olhou para o fundo e de fato viu lá embaixo algo como um macacão de piloto. Ela começou a jogar terra em cima, e o marido a apressava muito porque já estava escurecendo. Ela passou três horas enchendo a vala aos pouquinhos, depois viu que o marido não estava mais ali. Lida se assustou, começou a procurar, a correr, por pouco não caiu na vala, e então viu que, lá no fundo, o macacão estava se mexendo. Lida saiu correndo. A floresta estava completamente escura, mas mesmo assim ela chegou à estação de trem ao amanhecer, foi para casa e dormiu.

E no sonho o marido apareceu para ela e disse: "Obrigado por me enterrar".

Uma saudação materna

O jovem Olieg ficou sem pai nem mãe quando a mãe morreu. Só sobraram uma irmã e o pai, que, apesar de vivo, depois se descobriu não ser o pai de Olieg. O pai dele era um homem com quem a mãe saía quando já era casada. Isso foi descoberto por Olieg quando ele começou a remexer nos papéis da mãe morta, querendo saber um pouco mais sobre ela. Ali ele encontrou um documento, precisamente uma carta, na qual um homem desconhecido escrevia que ele tinha família e não tinha direito de abandonar os dois filhos por uma criança que não se sabia nem de quem era. Na carta havia uma data. Então, pouco tempo antes do parto a mãe queria largar o marido e casar com outra pessoa, ou seja, tudo havia acontecido como a irmã mais velha de Olieg havia insinuado numa conversa com ele, insinuou para se vingar e com raiva.

Ao descobrir essa carta, o jovem começou a remexer nos papéis e achou um pacote preto com fotografias nas quais a mãe era retratada em vários estágios de nudez, inclusive totalmente nua. Eram fotos posadas, como numa encenação, até quando estava nua a mãe usava uma longa echarpe, e tudo isso foi um grande choque para o jovem. Ele tinha escutado dos parentes que na juventude a mãe havia sido famosa pela beleza, mas nas fotos já era uma mulher de uns trinta e cinco anos, esbelta mas não especialmente bonita, só bem conservada.

Depois desse golpe, o jovem — ele tinha dezesseis anos — abandonou a escola, abandonou tudo e, nos dois anos que se passaram, até entrar no exército, não fez nada, não escutou ninguém, comia o que havia na geladeira, saía quando o pai e a irmã voltavam para casa, chegava quando eles estavam dormindo. Ele teve um esgotamento mental e físico, e o pai, com sua autoridade, conseguiu marcar uma perícia com uma junta de especialistas, médicos do trabalho, para que ele conseguisse uma pensão por esquizofrenia, mas no último minuto, pouco antes da reunião, o pai morreu à noite na sua cama, e tudo degringolou. A irmã rapidamente mudou para um apartamento próprio, e deixou Olieg sozinho no quarto.

Ele logo foi convocado para o exército.

No exército, Olieg se envolveu em um incidente: ele e outros soldados foram postos numa trilha nas montanhas, numa passagem pela qual devia passar um preso foragido. Esse preso ficou em liberdade por quase um mês, conseguira matar cinco pessoas no seu caminho, entre as quais uma menina, e estava se aproximando da única passagem da montanha para a Terra Grande, ou seja, a parte europeia da Rússia. Segundo todas as informações, o preso não devia aparecer logo, mas de antemão armaram uma emboscada na trilha, três dias antes, não se sabia que tipo de transporte o fugitivo usaria. A emboscada era composta por Olieg, um sargento e mais três soldados, eles estavam atrás de uma grande pedra na qual puseram as submetralhadoras. Eles se alternavam.

Justo no turno de Olieg surgiu na trilha o homem parecido com a fotografia que haviam mostrado. Olieg não resistiu e atirou nele, mas depois descobriu que era outra pessoa: um colono livre, que já havia cumprido a pena e estava abrindo caminho, também ilegalmente, é verdade, para ir para casa na Rússia. O verdadeiro criminoso foi capturado numa passagem vizinha.

Foram bons com Olieg, declararam insanidade temporária, meteram-no num hospital e depois o dispensaram de vez do exército como inapto para o serviço militar, e ele ainda se livrou barato, porque a mulher do colono livre, dizem, ficava procurando aquele soldado anormal que tinha matado o marido dela, que só ultrapassou um pouquinho o limite de seu povoado, alguns passos — e a passagem atravessava o limite administrativo do distrito.

Olieg voltou para casa. Já estava quase totalmente careca, os dentes haviam caído um após o outro, não havia o que comer, não havia o que fazer, e além do mais, como iria trabalhar, sem nenhuma formação? Mas então a irmã mais velha apareceu de repente na vida dele e encarregou-se de tudo, pôs Olieg na escola técnica, arrumou o quarto, trouxe produtos e dinheiro, apesar de não ser totalmente irmã de sangue e nunca antes ter sentido amor por ele.

Uma noite, quando ela se preparava para sair, falou de passagem:

— Não acredite no que falei para você naquela época sobre a nossa mãe, isso era o que o nosso pai suspeitava, ele era uma pessoa difícil e deixava qualquer um louco.

E saiu.

Depois que a irmã foi embora, Olieg abriu a mala, começou a revolver os papéis entre os quais estava a carta, mas só encontrou um envelope, que continha uma fotografia do enterro da mãe. No mesmo pacote preto em que Olieg esperava ver as fotografias da mãe tirando a roupa havia apenas um papelzinho preto, muito velho e gasto, e quando Olieg começou a puxá-lo, ele se transformou em pó ali mesmo.

Olieg começou a examinar os papéis e em todo lugar lia cartas da mãe para o pai nas quais se falava de amor, de fidelidade, de Olieg e de como ele se parecia com o pai. Olieg passou a noite toda chorando, as lágrimas corriam dos olhos involuntariamente, e na manhã seguinte esperou a irmã para lhe contar que ele havia enlouquecido aos dezesseis anos e visto algo que não existia, e por isso até havia matado uma pessoa que não parecia de forma alguma com a que ele deveria ter identificado.

Mas ele não chegou a encontrar a irmã, pelo visto ela havia se esquecido dele, e ele também logo se esqueceu dela, estava ocupado com a vida. Ele terminou a escola técnica, depois a faculdade, se casou, teve filhos.

E o que era engraçado é que tanto ele quanto a esposa tinham olhos pretos e cabelos escuros, mas os dois filhos saíram louros e de olhos azuis — iguaizinhos aos da mãe morta, a avó deles.

Uma vez a esposa de repente propôs que fossem ver o túmulo da mãe de Olieg. Eles demoraram para encontrar o túmulo, estava muito escuro no velho cemitério, postaram-se na frente da lápide, e no túmulo da mãe de repente descobriram uma segunda lápide, um pouco menor.

— Deve ser meu pai — disse Olieg, que não havia ido ao enterro do pai.

— Não, leia, é a sua irmã — respondeu a esposa.

Horrorizado por ter esquecido a irmã daquele jeito, ele se inclinou sobre a laje e leu a inscrição. Era de fato sua irmã.

— Só confundiram a data da morte — ele disse —, minha

irmã vinha me ver bem depois dessa data de morte, quando voltei do exército. Eu te contei, ela me pôs de pé, ela me trouxe de volta à vida. Eu era jovem e ficava louco por umas besteiras.

— Isso não acontece, eles não se enganam com as datas — respondeu a esposa. — Foi você que se confundiu. Em que ano você voltou do exército?

E eles começaram a brigar, ao pé do túmulo abandonado e coberto de mato, e a erva daninha, muito alta por causa do verão, ficou tocando seus joelhos até que eles se abaixaram e começaram a limpá-la.

ALEGORIAS

Higiene

Certa vez soou a campainha no apartamento da família R., e a garotinha correu para atender. À porta estava um jovem que sob a luz parecia meio doente, com uma pelezinha fina, brilhante e rosada no rosto. Ele disse que vinha avisar sobre um perigo iminente. Disse que havia começado a se espalhar na cidade a epidemia de uma doença que provocava a morte em três dias, e além disso a pessoa inchava, e assim por diante. O sintoma era o aparecimento de bolhas ou de simples inchaços. Havia esperança de ficar vivo se a pessoa seguisse rigorosamente as regras de higiene pessoal, não saísse do apartamento, e se não houvesse ratos, porque os ratos eram a principal fonte de contágio, como sempre.

A avó e o avô, a garotinha e o pai escutavam o jovem. A mãe estava no banheiro.

— Eu sofri dessa doença — disse o jovem e tirou o chapéu, sob o qual havia um crânio totalmente nu e rosado, coberto por uma pelezinha muito fina como a que fica no leite depois de fervido. — Consegui me salvar, não tenho medo de adoecer de novo e estou indo de casa em casa, levo pão e outros alimentos, caso alguém não tenha. Vocês têm provisões? Me deem dinheiro e eu desço, e uma bolsa maior, se tiverem, com rodinhas. As lojas já estão com filas grandes, mas eu não tenho medo do contágio.

— Obrigado — disse o avô —, não precisa.

— No caso de doença na família, deixem as portas abertas. Escolhi o que tenho forças para encarar, quatro prédios de dezesseis andares. Quem de vocês se salvar pode, como eu, ajudar as pessoas, descer os cadáveres e assim por diante.

— Como assim, descer os cadáveres? — perguntou o avô.

— Desenvolvi um sistema de evacuação, uma forma correta para jogá-los na rua. É necessário utilizar sacos de polietileno de diferentes tamanhos, mas não sei onde pegar. A indústria produz uma película dupla, essa pode servir, mas onde arrumar o dinheiro? Tudo depende do dinheiro. É possível cortar essa película com uma faca quente, na mesma hora se faz um saco de qualquer comprimento. Uma faca quente e uma película dupla, e está resolvido.

— Não, obrigado, não precisa — disse o avô.

O jovem seguiu em frente pelos apartamentos, como um mendigo, pedindo dinheiro. Assim que a família R. fechou a porta, ele já foi tocando na porta vizinha, e lá abriram com a correntinha, de forma que ele precisou contar sua versão e tirar o chapéu na escada enquanto o observavam pela fresta. Foi possível escutar que lhe deram alguma resposta curta e bateram a porta, mas mesmo assim ele não foi embora: não se escutaram passos. Depois uma porta se abriu novamente com a correntinha, mais alguém queria ouvir o relato. O relato foi repetido. Como resposta, a voz do vizinho ressoou:

— Se você tiver dinheiro, corra e traga dez garrafas de meio litro de vodca, depois eu te dou o dinheiro.

Ouviram-se passos e tudo se acalmou.

— Quando ele voltar — disse a avó —, podia nos trazer pão e leite condensado... e ovos. Depois vamos precisar de repolho e batata.

— É um charlatão — disse o avô —, mas não parece ter se queimado, é algo diferente.

Por fim, o pai se animou, pegou a garotinha pela mão e a levou para longe da porta — não eram os pais dele, e sim da mulher, e ele não apoiava particularmente tudo o que eles diziam. Eles também não perguntavam. Na opinião dele, algo estava de fato começando, não tinha como não começar, ele já sentia isso havia muito tempo e esperava. Foi tomado por uma espécie de perplexidade. Pegou a menina pela mão e a levou para longe da porta, para que ela não ficasse plantada ali quando o convidado misterioso batesse no apartamento seguinte: era preciso conversar com ele de homem para homem — do que ele estava se curando, quais eram as circunstâncias.

A avó e o avô, porém, ficaram na antessala, porque não escutaram o barulho do elevador e, portanto, aquele homem continuava no mesmo andar; pelo visto, estava recolhendo o dinheiro e as sacolas de uma vez, para não ficar correndo infinitas vezes até o armazém. Ou então ele era de fato um charlatão e estava juntando dinheiro sem motivo, para si mesmo, como uma vez a avó tinha esbarrado com uma mulher que assim mesmo, pela fresta, disse a ela que era da segunda portaria, e lá havia morrido uma mulher de sessenta e nove anos, a velha Niura, e ela estava passando uma lista entre os moradores para ajudar com o enterro, cada um dava um tanto, e mostrou a lista para a avó, onde havia os nomes e as quantias: trinta copeques, um rublo, dois rublos. A avó deu um rublo, apesar de não se lembrar de nenhuma tia Niura. Pudera! Cinco minutos depois uma boa vizinha bateu na porta e disse que uma aventureira que ninguém conhecia estava pedindo dinheiro. Havia dois homens esperando por ela no quarto andar, e agora mesmo tinham se mandado da portaria com o dinheiro e jogaram a lista fora.

A avó e o avô estavam na antessala esperando, depois veio o pai da menina, Nikolai, e também começou a escutar. Por fim Elena, a mulher dele, saiu do banheiro e perguntou em voz alta o que era aquilo, mas a fizeram calar.

No entanto, não ouviram mais as campainhas. Quer dizer, o elevador ia para lá e para cá, alguém até saiu no andar deles, mas depois as chaves tilintaram e as portas bateram. Mas não podia ser aquele homem de chapéu. Ele tocaria a campainha, em vez de abrir a porta com a própria chave.

Nikolai ligou a televisão, eles jantaram, e Nikolai comeu muito, inclusive pão; o avô não se conteve e o repreendeu, disse que não se deve comer muito no jantar, mas Elena defendeu o marido, e a menina disse:

— Por que vocês estão berrando? — e a vida seguiu seu curso.

À noite, a julgar pelos sons, quebraram um vidro muito grande lá embaixo.

— É a vitrine da padaria — disse o avô, saindo na varanda.
— Corra, Kólia, pegue alguma comida.

Começaram a aprontar Nikolai, e enquanto isso um carro de polícia se aproximou; pegaram alguém, deixaram um policial ali e foram embora. Nikolai foi com uma mochila e uma faca, mas acabou que lá embaixo havia um grupo de pessoas: eles cercaram o policial, bateram nele e o derrubaram, e as pessoas começaram a entrar e a sair saltando pela vitrine, alguém se atracou com uma mulher, tomou a mala dela com pão, depois taparam sua boca e a arrastaram para dentro da padaria. O número de pessoas lá embaixo aumentava.

Nikolai voltou para casa com uma mochila repleta: trinta quilos de rosquinhas e dez pães de fôrma. Ainda na entrada, tirou a roupa e jogou no duto do lixo, esfregou água-de-colônia no corpo e atirou todos os algodões num pacote pela janela. O avô, satisfeito com tudo o que estava acontecendo, só notou que era preciso economizar a água-de-colônia e os medicamentos. Adormeceram.

De manhã, Nikolai comeu sozinho meio quilo de rosquinhas com chá e fez uma brincadeira com isso: "No café da manhã a gente come como um rei". O avô usava dentadura e estava melancólico, molhando a rosquinha no chá. A avó ficou de cara fechada, e Elena passou o tempo todo convencendo a menina a comer mais rosquinhas. A avó finalmente não resistiu e disse que era preciso estabelecer uma cota, não podiam roubar toda noite, lá fora já tinham fechado a padaria com tábuas, haviam levado tudo embora.

Então as reservas da família R. foram calculadas e divididas. No café da manhã, Elena deu sua ração para a menina, Nikolai estava tão sombrio como uma nuvem negra e depois do almoço comeu sozinho um pacote de pão preto.

Eles tinham mantimentos o bastante para durar uma semana.

Nikolai e Elena ligaram para o trabalho, mas nem no trabalho de Nikolai nem do de Elena atenderam o telefone. Ligaram para os conhecidos, todos estavam em casa. Todos à espera. A televisão parou de funcionar, uma partezinha dela apitava. No dia seguinte, o telefone não dava linha. Embaixo, na rua, passava gente com mochilas e sacolas. Passou alguém carregando uma pequena árvore serrada.

Já era tempo de pensar o que fazer com a gata — o bichinho não comia fazia dois dias e miava terrivelmente na varanda.

33

— Temos que deixar entrar e dar comida — disse o avô. — Gatos têm uma carne rica, cheia de vitaminas.

Nikolai pôs a gata para dentro, deram sopa para ela comer, mas não muita, para que não comesse demais depois de passar fome. A menina não se afastava da gata; naqueles dois dias que passou miando na varanda, sempre corria para ela, e agora a alimentava com satisfação, e a mãe até se irritou: "Você está dando para ela o que eu deixo de comer por você". Havia agora mantimentos suficientes para cinco dias.

Todos esperavam que algo acontecesse, que alguém anunciasse uma mobilização, mas na terceira noite escutaram barulho de motor nas ruas. Era o exército abandonando a cidade.

— Estão indo para a fronteira, vão montar uma quarentena — disse o avô. — Ninguém entra, ninguém sai da cidade. O mais terrível é que, no fim das contas, era tudo verdade. Precisamos ir para a cidade pegar comida.

— Me dê a água-de-colônia, eu vou — disse Nikolai. — A minha está quase no fim.

— Tudo será seu — disse o avô de forma significativa, mas reticente. Ele havia emagrecido muito. — Ainda bem que o encanamento e a rede de esgotos ainda funcionam.

— Chiu, pode dar azar — disse a avó.

Nikolai saiu à noite para a mercearia, levou uma mochila e sacolas, e também uma faca e uma lanterna. Ele voltou quando ainda estava escuro, tirou a roupa na escada, jogou a roupa no duto do lixo e, nu, se esfregou com água-de-colônia. Depois de limpar a sola do pé, pisou no apartamento, depois limpou a outra sola e jogou os algodões para debaixo da porta. A mochila ele pôs em água fervente no tanque, as sacolas também. Não havia conseguido muito: sabão, fósforos, sal, mingau de cevada semipronto, *kissel** e café de cevada. O avô estava muito feliz — ele ficou animadíssimo. A faca, Nikolai queimou na chama do gás.

— Sangue é a maior causa de infecção — lembrou o avô, indo dormir de manhã.

Os mantimentos, pelos cálculos, agora deviam bastar para dez dias, se eles se alimentassem de *kissel*, mingau e comessem só um pouquinho. Nikolai passou a sair para o ofício toda noite, e isso levantou a questão da roupa. Nikolai começou a enfiá-la no saco de polietileno ainda na escada, e sempre desinfetava a faca no fogo. Mas, como antes, comia muito, é verdade que agora já sem observações da parte do avô.

A gata emagrecia dia após dia, a pelezinha dela estava grudada, os almoços, jantares e cafés da manhã eram um tormento porque a menina sempre tentava jogar algo no chão para a gata. Elena começou a dar uns tapas na mão dela. Todos gritavam. Punham a gata para fora, mas ela se jogava contra a porta.

Uma vez isso gerou uma cena absolutamente terrível. Com a gata nos braços, a menina chegou à cozinha, onde estavam o avô e a avó. A boca da gata e a da menina estavam lambuzadas de alguma coisa.

— Essa é a minha gatinha — disse a menina, e beijou, talvez não pela primeira vez, a gata no focinho nojento.

— O que você está fazendo? — exclamou a avó.

— Ela pegou um rato — respondeu a menina. — Ela comeu o rato — e a menina beijou a gata na boca de novo.

* Espécie de suco de frutas engrossado com fécula. (N. T.)

35

— Que rato? — perguntou o avô, ele e a avó estavam petrificados.
— Um cinza.
— Inchado? Gordo?
— É, gordo, grande — disse a menina de forma alegre. A gata começou a escapar dos braços da menina.
— Segure bem! — gritou o avô. — Vá para o seu quarto, menina, anda. Vá com a gatinha. Ah, sua pilantra, ah, sua miserável. Aprontou com essa gata, que porcaria. Hein? Aprontou?
— Não grita — disse a menina e rapidamente correu para o quarto.
Atrás dela foi o avô e borrifou todo o rastro dela com água-de-colônia do pulverizador. Depois ele trancou a porta da criança com uma cadeira, chamou Nikolai, que dormia após uma noite insone; Elena também estava dormindo com ele. Eles acordaram. Tudo foi discutido. Elena começou a chorar e a arrancar os cabelos. Do quarto da menina chegavam batidas.
— Me deixem sair, abram, tenho que ir ao banheiro — gritava a menina entre lágrimas.
— Escute o que eu estou dizendo — gritou Nikolai —, não berre!
— Me deixa sair, me deixa sair! Não berre você! Me deixem sair!
Nikolai e os outros foram para a cozinha. Foi preciso deixar Elena trancada no banheiro. Ela também estava batendo na porta.

À noite a menina se acalmou. Nikolai perguntou se ela tinha feito xixi. A menina respondeu com dificuldade que sim, tinha feito na calcinha, e pedia algo para beber.
No quarto da menina havia uma cama de criança, uma cama dobrável, um guarda-roupa com coisas de toda a família,

trancado à chave, um tapete e estantes com livros. Era um quarto aconchegante de criança, que agora, por obra do acaso, se transformara em quarto de quarentena. Usando um machado, Nikolai cortou uma espécie de janelinha na porta, e na primeira oportunidade mandou a menina pegar uma cordinha com uma garrafa, na qual havia sopa com migalhas de pão, tudo junto. A menina recebeu ordens para urinar nessa garrafa e jogar pela janela. Mas a janela estava trancada no fecho de cima, a menina não alcançava, o uso da garrafa tinha sido mal planejado. A questão dos excrementos devia ser resolvida de forma simples: devia rasgar uma ou duas folhas de um livro, defecar nelas e jogar pela janela. Nikolai fez um estilingue de arame e, depois de atirar três vezes, abriu um buraco bem grande na janela.

A menina, no entanto, mostrou todos os frutos de sua educação e defecava desleixadamente, fora do papel, não conseguia cuidar sozinha de suas necessidades. Elena perguntava a ela vinte vezes por dia se não queria fazer cocô, mas ela respondia que não queria, e como resultado ficava manchada. Além disso, estava difícil com a comida. Havia uma quantidade limitada de garrafas e de cordinhas, toda vez era preciso cortar a cordinha, e havia nove garrafas jogadas pelo quarto no momento em que a menina parou de se aproximar da porta, de se levantar e de responder as perguntas. Pelo visto, a gata não se levantava do corpo da menina; ela, no entanto, não aparecia no campo de visão havia muito tempo, desde que Nikolai começara a procurá-la com o estilingue, já que a menina dava quase metade do que ela mesma recebia na garrafa para a gata comer — e derramava tudo no chão para ela. A menina não respondia às perguntas, a caminha dela ficava perto da porta, fora do campo de visão.

Levaram três dias batalhando para organizar a vida da menina, com todas aquelas novidades. Tentaram ensinar a ela como se enxugar (até aquele momento era Elena quem fazia isso),

37

deram-lhe água para que ela se limpasse de algum jeito, vários encorajamentos para que a menina se aproximasse da janelinha da porta para pegar a garrafa de comida. Uma vez Nikolai quis lavar a menina, jogou nela um galão de água quente em vez de entregar a comida, e aí ela passou a ter medo de chegar perto da porta — tudo isso reduziu a pó os habitantes do apartamento, de forma que, quando a menina parou de responder, todos se deitaram e dormiram por muito tempo.

Mas depois o desfecho foi muito rápido. Ao acordar, a avó e o avô encontraram, em cima da cama, a gata com o focinho todo ensanguentado — pelo visto, a gata estava devorando a menina, mas escapara pela saída de ar; para beber algo, talvez. Ai, ai, começaram a gritar e a gemer a avó e o avô. Nikolai apareceu na porta e, depois de escutar todo o choro, bateu a porta com força e saiu dali, travando a porta com a cadeira. A porta não só não abria mais, como Nikolai não deixou nenhuma brecha, ficou para depois. Elena gritava e queria tirar a cadeira, mas Nikolai a trancou no banheiro — de novo.

Nikolai deitou na cama e começou a inchar, inchar, inchar. Na noite anterior ele havia matado uma mulher por causa de uma mochila, e ela, pelo visto, já estava doente; a desinfecção da faca com fogo não ajudou — além disso, Nikolai ali mesmo, na rua, em cima da mochila, havia comido concentrado de mingau de cevada, ia só provar e, que coisa, acabou comendo tudo.

Nikolai entendeu tudo, mas era tarde, já tinha começado a inchar. Todo o apartamento ecoava com as batidas, a gata miava, no apartamento de cima a situação também havia chegado ao ponto das batidas. Mas Nikolai ficou fazendo força, até que por fim começou a sair sangue do olho, e ele morreu, sem pensar em nada, só fazendo força e tentando se libertar.

E ninguém abriu a porta para a escada, mas foi uma pena, porque, trazendo pão, aquele jovem passou pelo apartamento; e no apartamento dos R. todas as batidas já haviam se acalmado, só Elena ainda arranhava um pouco sua porta, esvaindo-se em sangue pelos olhos, sem nada enxergar; mas também o que havia para ver no banheiro absolutamente escuro, deitada no chão? Por que o jovem chegou tão tarde? Porque ele tinha muitos apartamentos sob seus cuidados, quatro prédios enormes. E só no fim do sexto dia, à noite, o jovem chegou pela segunda vez àquela portaria, três dias depois de a menina ter se calado, um dia depois do fim de Nikolai, doze horas depois do fim dos pais de Elena e cinco minutos depois do fim de Elena.

A gata, no entanto, continuava miando, como naquele famoso conto em que o marido matou a mulher e a enfiou numa parede de tijolos, mas vieram investigar e pelo miado na parede entenderam do que se tratava, que junto com o cadáver na parede havia sido emparedado o querido gato da dona da casa e ele estava vivendo ali, se alimentando da carne dela.

A gata miava, e o jovem, ao escutar a única voz viva em toda a portaria, onde, a propósito, já haviam silenciado todas as batidas e gritos, decidiu lutar ao menos por aquela vida, pegou um pequeno pé de cabra — estava jogado no pátio coberto de sangue — e arrombou a porta. O que ele viu? Uma conhecida montanha preta no banheiro, uma montanha preta na sala de estar, duas montanhas pretas atrás de uma porta travada com uma cadeira, da qual se esgueirou uma gata. A gata saltou com habilidade para uma saída de ar grosseiramente aberta em outra porta, e lá se escutou uma voz humana. O jovem tirou aquela cadeira também e entrou num quarto coberto de vidro, lixo, excrementos, páginas rasgadas de livros, ratos sem cabeça, garrafas e cordinhas. Na cama estava deitada a menina com o crânio careca de uma cor clara, exatamente como o do jovem, só que mais vermelho. A menina olhava para o rapaz, e no travesseiro dela estava sentada a gata, e ela também olhava fixo para ele.

A menina-nariz

Numa certa cidade vivia uma menina muito bonita chamada Nina. Ela tinha cabelos dourados e encaracolados, olhos grandes e azuis como o mar, um nariz enorme e maravilhosos dentes brancos. Quando ela sorria, era como se o sol brilhasse. Quando ela chorava, era como se pérolas caíssem. A única coisa que a estragava era o nariz grande. Uma vez, Nina juntou todo o dinheiro que tinha e foi até o médico. Ela disse:

— Não tenho ninguém nesta cidade, eu me sustento sozinha, meu pai e minha mãe moram longe e eu não posso pedir dinheiro, eles não são ricos. Aqui está todo o meu dinheiro. Faça um nariz pequeno para mim! Quando eu nasci, meus pais cometeram um erro e não convidaram um velho feiticeiro que vivia na floresta para a festa. Quando ele ficou sabendo que não tinha sido chamado, ficou muito ofendido e disse que me daria um presente muito importante e valioso. E desde então meu nariz começou a crescer. Quando meus pais foram perguntar para o feiticeiro, ele disse que, se eu tivesse um nariz pequeno e me tornasse uma bela mulher, qualquer cafajeste se apaixonaria por mim; já desse jeito, só uma pessoa no mundo se apaixonaria por mim. E depois ele disse para meus pais: "Vejam vocês! Vocês são pessoas normais, feias, nunca se preocuparam com seus narizes!". Meus pais responderam: "Mas nossa filha seria linda, coitada!". Mas o mago não fez nada por mim. Agora eu cresci, trabalho como cabeleireira, sou uma boa profissional, tenho fila de espera. Mas não sou feliz.

O médico disse para ela:

— Aqui não posso fazer nada. Vá para outra cidade, lá mora um mago, talvez ele te ajude.

A moça foi para a outra cidade. Na sua cabine do trem estava um jovem com roupas muito pobres que lia um livro grosso. Ele não prestou a menor atenção em Nina. Porém, à noite o trem deu um solavanco forte e no sono Nina caiu da cama de cima do beliche. Ela perdeu a consciência e acordou nos braços do jovem. Ele disse a ela:

— Que bom que não dormi e consegui pegar a senhorita.

— Muito obrigada, moço — disse Nina, levantando. — Se quiser, venha ao meu salão, trabalho na praça principal, corto seu cabelo e faço sua barba.

— Não, eu mesmo corto o meu cabelo de seis em seis meses com uma grande tesoura de tosar ovelhas e também aparo minha barba. Obrigado.

— Então — disse Nina —, venha só para tomar um chá.

— Obrigado, gosto de tomar chá sozinho — respondeu o rapaz e voltou a ler o seu livro.

— Então venha só por vir — disse Nina.

— Ir só por ir eu não quero — respondeu o jovem —, não tenho tempo.

Enquanto isso o trem já havia chegado à outra cidade, e Nina foi visitar o mago. Ele se revelou um belo jovem com barba negra e óculos escuros muito bonitos. Disse que podia ajudar

Nina, mas para isso exigia o dedão direito dela. Nina concordou, tornou-se uma mulher incrivelmente bonita, mas sem um dedo. Quando ela saiu na rua, os passantes começaram a parar, os carros começaram a buzinar, e os jovens corriam para acompanhar Nina à estação. No trem, cederam a ela uma cama na parte de baixo do beliche, trouxeram vários buquês de rosas, limonada e muitas caixas de bombons. Quando ela chegou à sua cidade, a mesma cena se repetiu. Atrás de Nina seguia o carro de um conde que, baixando o vidro, implorou pela janela que ela se casasse com ele. Mas Nina não entrou no carro dele. Agora ela vagava pela cidade dias inteiros, na esperança de encontrar o jovem do trem. Já não podia trabalhar como cabeleireira, porque lhe faltava o dedo principal da mão direita, mas ela tinha um pouco de dinheiro, e então ficou andando dias e dias pela cidade, e atrás dela seguia o carro do conde. Todo dia convidavam Nina para bailes, ela foi declarada a mulher mais bonita da cidade, e, alguns achavam, do mundo. Mas ninguém sabia que ela não tinha mais dinheiro e que só comia uma vez por dia — à noite, no baile, café com sorvete. Por fim, ela não aguentou e foi trabalhar como faxineira, juntou dinheiro e foi novamente ver o mago na outra cidade. Ela disse a ele:

— Pegue todo o meu dinheiro, mas me diga onde encontrar meu amado, o homem do trem.

— Certo — disse o mago —, devolva meu nariz e pegue o anterior, e aí eu digo.

— Não — respondeu Nina —, peça tudo o que quiser, menos isso.

— Certo — disse o mago —, vou ter que pegar mais um dedo da sua mão direita, dessa vez o indicador.

— Está bem — respondeu a moça sem hesitar.

— O endereço dele é o seguinte: ele vive na sua cidade, rua Mão Direita, casa dois, no sótão. Vá rápido!

Nina foi às pressas para a estação de trem, chegou à sua cidade e encontrou a casa. Ela entrou no sótão do seu amado e perguntou:

— Está me reconhecendo?

— Não — disse ele.

— Lembra, você me pegou nos braços quando eu caí da cama de cima.

— Não, não era você — respondeu o amado. — Aquela moça tinha um rosto completamente diferente. Ela era tão engraçada!

Nina não sabia mais o que dizer e saiu. Mas todo dia ela ia até a rua Mão Direita para olhar o jovem pela janelinha. Nina agora sempre usava luvas, só as tirava à noite para lavar as escadas. Ela era convidada para bailes, aniversários e festas da cidade como antes, o carro do conde ainda andava atrás dela, e duas vezes por mês o conde a pedia em casamento. Mas Nina não aceitava e respondia assim:

— Já não basta você não parecer uma pessoa. Agora você está disposto a fazer de tudo por mim, mas depois vai ser ciumento ou pão-duro, vai me negar um pedaço de pão... Só faltava...

Mas eis que uma noite, depois de limpar a escada, Nina foi olhar a janela do rapaz e viu uma velha de preto mexendo a cortina. Fora de si de tanto medo, Nina correu para o quarto andar e tocou a campainha do sótão.

A própria velha de preto abriu a porta para ela.

— O que você quer? — perguntou ela.

— O que aconteceu com ele? — perguntou Nina.

— Com quem?

— Ora, com o rapaz, não sei o nome dele. Ele mora aqui.

— E você é o que dele? — perguntou a velha.

— Uma vez ele me salvou no trem — respondeu Nina.

— Certo, entre. Ele está muito doente.

Nina entrou no quarto do sótão e viu seu amado, que estava deitado debaixo de um cobertor e respirava com dificuldade.

— Quem é você? Eu não te conheço — ele disse. — Você não é quem diz ser.

— O que você tem? — perguntou Nina.

— Fiquei doente depois do estudo no porão da biblioteca. Pelo visto aprendi demais. Mas isso não é da sua conta. Logo vou morrer.

A velha acenou com a cabeça.

Nina saiu correndo, subiu no trem da noite e foi encontrar com o mago na outra cidade.

— Não posso te ajudar em nada — disse o mago.

— Eu lhe peço — Nina começou a chorar —, salve meu amado! Pegue o que quiser, pegue minha mão direita, posso lavar o chão com a esquerda.

— Vou pegar meu nariz de volta — disse o mago.

— Pegue e salve meu amado — respondeu Nina.

E naquele momento ela voltou a ser como era. Ao sair na rua, não recebeu nenhum olhar encantado, ninguém parou ao vê-la, ninguém a seguiu, não lhe deram uma única rosa. No trem, ela não recebeu nenhuma caixa de bombons. Quando ela chegou à sua cidade, viu o carro do conde, mas ele não reparou nela, apesar de estar vestida como sempre, com um vestido cinza, usando sapatos cinza e um chapéu cinza.

Nina correu para a rua Mão Direita, subiu voando para o quarto andar e entrou no quarto de seu amado. Ele estava sentado na cama bebendo cerveja.

— Ah, é você! — exclamou ele. — Que bom te ver de novo. Vinha uma moça aqui e se fazia passar por você. Mas ninguém me engana. Nunca vi um rosto mais engraçado do que o seu. Não é tão fácil esquecer você.

Nina começou a rir e a chorar na hora. E no quarto o sol pareceu se acender de repente e as pérolas reluziram.

— Por que você está chorando? — perguntou o jovem. — Não quer casar comigo?

Nina respondeu:

— Eu não sou a mesma de antes.

E ela tirou a luva cinza da mão direita.

— Isso? É uma bobagem — disse o rapaz. Eu me chamo Aníssim, sou médico. Li tudo o que há naquela biblioteca, até o último livrinho, no chão úmido do porão. Não gostaria de lê-lo de novo — acrescentou Aníssim e estendeu a mão para uma prateleira na qual havia poções, frasquinhos de gotas e garrafas com pílulas. — Aqui está, tome.

Nina tomou uma colherzinha do remédio, e a mão direita dela ficou como antes.

— Eu só estou fazendo voltar ao que era — disse Aníssim alto —, nada mais.

Nina logo se casou com seu amado Aníssim e teve muitos filhos engraçados com ele.

45

A nova família Robinson
Uma crônica do fim do século XX

Meu pai e minha mãe decidiram ser mais espertos que todo mundo. No começo de tudo partiram comigo e com um carregamento de mantimentos armazenados para uma aldeia perdida e abandonada, algum lugar depois do rio Mora. Havíamos comprado ali nossa casa bem barato, e ela ficou lá. Íamos para lá no fim de junho, para colher morangos para a minha saúde, e mais uma vez em agosto, quando já era possível colher maçãs pelos jardins abandonados, ameixas e groselhas miúdas selvagens, e nas florestas havia framboesa e cresciam cogumelos. A casa estava quase desmoronando quando a compramos, ficávamos nela e a utilizávamos sem consertar nada, até que um belo dia meu pai combinou com o motorista, e na primavera, assim que a terra secou, nos mandamos para a aldeia com uma carga de provisões, como a família Robinson da Suíça, com todo tipo de material de jardinagem, e também com uma espingarda e o ágil cachorro Bonito, que, segundo a convicção geral, no outono poderia pegar lebres no campo.

E meu pai começou uma atividade febril, ele arou o terreno e foi avançando até a propriedade dos vizinhos inexistentes. Para isso, arrancou nossas estacas e fincou-as mais adiante. Fizemos uma horta, plantamos três sacos de batata, revolvemos a terra debaixo das macieiras, meu pai entrava na floresta e cortava turfa. De repente apareceu um carrinho de mão de duas rodas. Meu pai costumava revirar ativamente as casas dos vizinhos, fechadas com tábuas, e se abastecia do que lhe caía nas mãos: pregos, tábuas velhas, telhas, latas, baldes, bancos, maçanetas, vidros de janela, diversos tipos antigos e bons de tina, rodas de fiar, relógios de pêndulo e diferentes tipos de tigelas de ferro desnecessárias, ferros das portas dos fogões, das tampas, das bocas e similares.

Na aldeia viviam três velhas, Aníssia, Marfutka, que havia se tornado totalmente selvagem, e a ruiva Tânia, a única que tinha família, e a quem os filhos vinham visitar em carro próprio, traziam algo, levavam algo, traziam latas de conserva da cidade, queijo, óleo, pão de mel, levavam pepinos salgados, repolho, batata. Tânia tinha um porão abastecido, um bom pátio coberto, vivia com ela um certo neto atormentado chamado Valiérotchka, que estava sempre ou sofrendo dos ouvidos ou com perebas. A própria Tânia era enfermeira de formação, ela havia se formado no campo de trabalho em Kolimá,* para onde fora mandada por roubar um porquinho do *kolkhoz* quando tinha dezessete anos de idade. A popularidade de Tânia continuava viva, ela acendia o fogão, vinha visitá-la a pastora Verka da aldeia vizinha, que se chamava Tarútino, e gritava ainda de longe, eu observava: "Tânia, vamos tomar um chazinho! Tânia, vamos tomar um chazinho!". A velha Aníssia, única pessoa da aldeia (Marfutka não conta e Tânia não era uma pessoa, era uma criminosa) nos disse

---

* Região do nordeste da Sibéria que concentrava um grande número de gulags. (N. T.)

que, em sua época ali, em Mora, Tânia havia sido chefe do posto de saúde e praticamente a pessoa mais importante das redondezas. Havia cedido metade da casa para o posto médico e também lhe davam dinheiro. Aníssia havia trabalhado cinco anos para Tânia, por isso ficou sem aposentadoria nenhuma, já que não trabalhou no *kolkhoz* os vinte e cinco anos determinados, e os cinco anos varrendo no posto de saúde não contavam para o pagamento da aposentadoria como trabalhadora. Mamãe uma vez foi com Aníssia até o posto de assistência social em Prizerski, mas havia fechado para sempre, estava tudo fechado, e mamãe percorreu os vinte e cinco quilômetros até Mora com a assustada Aníssia, e com afinco renovado Aníssia começou a capinar, cortar lenha na floresta, arrastar galhos e troncos para casa. Estava se protegendo da perspectiva de morrer de fome que a esperava caso não fizesse nada, e um exemplo vivo era Marfutka, que aos oitenta e cinco anos já não aquecia a isbá, e as batatas que ela de alguma forma arrastara para casa haviam congelado no inverno e agora estavam podres num monte úmido. Mesmo assim Marfutka comia algumas no inverno, e não queria se separar de seu único bem, as batatas podres, apesar de mamãe ter me mandado uma vez à casa dela com uma pá para raspar tudo aquilo. Mas Marfutka não abriu a porta para mim, mesmo depois de ver pela janela coberta de trapos que eu estava levando uma pá. Marfutka ou comia batata crua, ainda que tivesse total ausência de dentes, ou acendia o fogo quando ninguém estava vendo — não se sabe. De lenha ela não tinha nem uma acha. Na primavera, Marfutka, embrulhada em vários xales ensebados, trapos e cobertores, aparecia na casa quentinha de Aníssia e ficava sentada lá como uma múmia, sem dizer uma palavra. Aníssia nem tentava oferecer nada para ela; Marfutka ficava sentada. Uma vez olhei para o rosto dela, ou melhor, para o pedaço de rosto dela visível atrás dos trapos, e vi que era pequeno e escuro, e os olhos eram como buraquinhos molhados.

Marfutka sobreviveu ainda mais um inverno, mas já não saía mais para a horta e, pelo visto, estava começando a morrer de fome. Aníssia ingenuamente disse que Marfutka no ano anterior ainda estava boa, mas que agora havia piorado de vez, pois seus pés não estavam mais voltados para a frente e sim um para o outro. Minha mãe me levou e nós plantamos meio balde de batatas para ela, e Marfutka olhava para nós dos fundos de sua casinha e, pelo visto, tinha medo de que tivéssemos nos apossado da hortinha dela, mas não ousava se arrastar até nós. Minha mãe foi até ela e lhe deu algumas batatas. Pelo visto, Marfutka entendeu que estávamos comprando a horta dela por meio balde de batatas, e não as pegou, se assustou muito.

À noite eu, mamãe e papai fomos à casa de Aníssia pegar leite de cabra, e Marfutka estava lá. Aníssia nos disse que ela havia nos visto na horta de Marfutka. Mamãe respondeu que havíamos decidido ajudar a vovó Marfa. Aníssia então replicou que Marfutka estava de partida para o outro mundo, não tínhamos nada que ajudar, ela encontraria o caminho. É preciso dizer que pagávamos Aníssia, não com dinheiro, mas com conservas e pacotes de sopa. Isso não podia continuar por muito tempo, o leite de cabra aumentava a cada dia e só nos alimentávamos com latas de conservas. Era preciso estabelecer um equivalente mais rigoroso, e mamãe disse ali mesmo depois da conversa com Aníssia que as conservas estavam acabando, nós mesmos não tínhamos o que comer, e por isso não íamos comprar leite. Aníssia, uma mulher esperta, respondeu que no dia seguinte nos levaria uma latinha com leite e nós conversaríamos, podia ser que tivéssemos batata, e aí conversaríamos. Aníssia, pelo visto, estava brava porque desperdiçávamos batata com Marfutka, e não na compra do leite, ela não sabia quanto tínhamos gastado na horta de Marfutka na época da fome da primavera (mês de maio, mês dos ais), e a cabeça dela trabalhava como uma máquina. Pelo visto ela vinha pensando no fim próximo de Marfutka e contava pegar a colheita para ela, e se irritou conosco, proprietários da batata plantada. Tudo fica complicado quando se trata da sobrevivência em tempos como os nossos, da sobrevivência de uma pessoa velha e fraca diante de uma família forte e jovem (minha mãe e meu pai tinham quarenta e dois anos, e eu, dezoito).

À noite, primeiro recebemos a visita de Tânia, vestida com um sobretudo da cidade e botas de borracha amarelas, com uma bolsa nova nas mãos. Ela nos trouxe um leitão estrangulado, embrulhado em um trapo limpo. Queria saber se estávamos registrados em Mora. Ela disse que muitas casas tinham proprietários e eles viriam se alguém escrevesse para eles, não eram casas abandonadas e bens abandonados, era preciso comprar e pregar cada prego. Para concluir, Tânia nos lembrou da sebe que havia sido mudada de lugar e que Marfutka ainda estava viva. Ela propôs que comprássemos o leitão dela por dinheiro, por rublos de papel, e naquela noite papai cortou e salgou o leitão morto, que, no trapo, parecia muito com uma criança. Tinha olhinhos com cílios e tudo.

Depois que Tânia saiu, veio Aníssia com uma latinha de leite de cabra, e rapidamente, tomando uma xícara de chá, combinamos o novo preço do leite — uma lata de conserva equivalia a três dias de leite. Aníssia perguntou sobre Tânia com ódio, por que ela tinha vindo, e aprovou nossa decisão de ajudar Marfutka, ainda que falasse de Marfutka com deboche, porque ela cheirava mal.

O leite de cabra e o leitão desmembrado deveriam nos proteger do escorbuto, e além disso Aníssia criava uma cabrinha, e nós decidimos comprá-la por dez latas de conserva, mas só mais tarde, quando ela tivesse crescido ao menos um pouco, já que Aníssia era mais entendida em criar cabritos. Mas na verdade não falamos com Aníssia, e aquela mulher velha, enlouquecida de ciúmes de sua ex-chefe Tânia, veio à nossa casa solenemente com o cabritinho morto enrolado num trapo limpo. Duas latas de conserva de peixe foram a resposta ao seu comportamento selvagem, e mamãe começou a chorar. Tentamos cozinhar a carne fresca, mas foi impossível comer, e meu pai a salgou de novo. Mesmo assim, eu e mamãe compramos uma cabrinha, depois de percorrer dez quilômetros de ida e dez de volta até Tarútino, em outra aldeia, mas andávamos como turistas, como se estivéssemos passeando, como nos velhos tempos. Andávamos com as mochilas, cantávamos, na aldeia perguntamos onde ficava o poço, onde podíamos beber um pouco de leite de cabra, compramos uma latinha de leite em troca de massa de pão e nos encantamos com os cabritinhos jovens. Comecei, espertamente, a cochichar para a mamãe, como se estivesse pedindo a cabrinha. A dona da casa ficou muito animada, farejando negócios, mas mamãe disse que não no meu ouvido, então a dona me paparicou, dizendo que amava os cabritos como seus próprios filhos e por isso me daria os dois. Mas eu disse: "O quê? Eu só quero um cabrito". Negociamos rapidamente, era claro que a tia não sabia o valor atual do dinheiro e pegou pouco, e até nos deu uns cristais de sal para a viagem de volta. Pelo visto, ela estava convencida de que havia feito um bom negócio, e de fato, a cabrinha rapidamente começou a definhar, depois de sofrer muito na estrada. Quem consertou a situação foi Aníssia de novo, ela levou o cabrito, depois de passar nele a sujeira do seu pátio, e a cabra aceitou o cabrito como se fosse seu filho, não o matou. Aníssia ficou toda convencida.

Agora tínhamos o básico, mas meu pai, incansável e manco, começou a sair todo dia para a floresta, cada vez mais. Ele saía com um machado, pregos, uma serra e um carrinho de mão, saía ao amanhecer, chegava na escuridão da noite. Eu e mamãe cuidávamos da horta, de alguma forma continuávamos o trabalho do meu pai com os preparativos do caixilho das janelas, das portas e dos vidros, depois ainda cozinhávamos, limpávamos, carregávamos água para lavar roupa, costurávamos algo. Com uns *tulupi** velhos que encontramos jogados pelas casas, costuramos uma espécie de botas de peles para o inverno, costuramos luvas, fizemos esteiras de peles para as camas. Meu pai, quando viu essa esteira à noite, tateou embaixo de si, imediatamente enrolou todas as três peças e de manhã levou no carrinho de mão. Meu pai parecia estar preparando mais uma toca, só que dentro da floresta, o que depois se revelou muito, muito oportuno. Porém, depois também se revelou que nenhum trabalho e nenhuma precaução nos salvariam de nosso destino comum, nada poderia nos salvar a não ser a sorte.

Enquanto isso passamos o mais terrível mês de junho (mês dos ais) quando as provisões na aldeia normalmente acabavam. Devorávamos salada de dente-de-leão, cozinhávamos sopa de urtiga, mas basicamente cortávamos capim e carregávamos, carregávamos, carregávamos em mochilas e sacolas. Não sabíamos ceifar, mas também o capim não estava muito alto. Aníssia, no final das contas, nos deu uma foice (por dez mochilas de grama, e isso não era pouco), e eu e a mamãe ceifávamos alternadamente. Repito, vivíamos longe do mundo, eu sentia muita falta dos meus amigos e amigas, e já não havia nada que chegasse à nossa casa. Meu pai, é verdade, escutava rádio, mas raramente: estava economizando as pilhas. Pelo rádio tudo era transmitido de forma enganosa e intolerável, mas nós ceifávamos e ceifávamos, nossa cabritinha Raika cresceu, era preciso arrumar um cabrito para ela, e fomos de novo para a mesma aldeia onde vivia a proprietária para mais um cabritinho. Ela havia tentado empurrar

* Sobretudos feitos de peles. (N. T.)

mais um para a gente na época, e nós não conhecíamos o verdadeiro valor de um cabrito! A dona do cabrito nos recebeu com frieza, todos já sabiam tudo sobre nós, mas não sabiam que tínhamos uma cabrinha: nossa Raika era criada na casa da Aníssia. Por isso a dona da casa nos recebeu com frieza: ela já havia nos vendido um, e se não tínhamos conseguido manter, problema nosso. Ela não queria vender o cabrito, já não tínhamos pão — não tínhamos nem farinha, por isso não tínhamos pão — e também o cabrito já pesava muito, e três quilos de carne fresca custavam não se sabe quanto naqueles tempos de fome. Combinamos apenas que daríamos a ela um quilo de sal e dez barras de sabão. Mas isso para nós era o preço do futuro leite, e corremos para casa a fim de cuidar de tudo isso, depois de avisar a dona da casa que precisávamos do cabrito vivo. "Vocês acham que eu vou me sujar por vocês?", respondeu a dona da casa. À noite levamos o cabrito para casa, e passamos uns dias duros de verão: segar o feno, capinar a horta, amontoar as batatas, e tudo no mesmo ritmo que Aníssia... Pelo acordo pegávamos de Aníssia metade do esterco da cabra e de alguma forma fertilizávamos o solo, mas nossas plantas cresciam mal e pouco. A velha Aníssia, libertada da sega do feno, depois de amarrar a cabra e todo o jardim de infância de cabras nos limites da nossa visão, corria para colher cogumelos e frutas silvestres, passava em nossa casa e pegava nosso trabalho. Foi preciso semear de novo o endro, que havíamos semeado fundo demais, e precisávamos dele para salgar os pepinos. As batatas cresceram acima do nível do solo. Eu e minha mãe líamos o livro *Manual do plantio em hortas e jardins*; meu pai finalmente terminou seu trabalho na floresta, e nós fomos ver sua nova morada. Acabou que era a isbá de alguém, acho que meu pai a reformou, em todo caso calafetou, pôs caixilhos, vidros, portas, cobriu o teto com piche. A casa estava vazia. Nas noites seguintes levamos para lá mesas, bancos, caixas, tinas, fornos de ferro e o resto das provisões, escondemos tudo, meu pai cavou um porão lá e já era quase um abrigo subterrâneo com fogão, contava como uma terceira casa. A hortinha do meu pai já florescia.

Durante o verão eu e minha mãe nos tornamos camponesas rudes. Nossos dedos eram ásperos, com unhas grossas roídas pela terra, e, o que é mais interessante, na base das unhas apareceram uns montinhos, saliências ou inchaços. Notei que Aníssia tinha o mesmo, Marfutka, inativa, tinha as mãos iguais, e Tânia também, a maior das nossas damas e ex-enfermeira, era a mesma coisa. A propósito, a visitante frequente de Tânia, a pastora Verka, se enforcou na floresta. Ela já não era pastora — havia comido todo o rebanho —, e Aníssia, que falava muito mal de Tânia, contou o segredo: o que Tânia dava para Verka não era chá, mas algum remédio, e Verka não conseguia viver sem ele e por isso havia se enforcado, não tinha mais como pagar. Verka deixou uma filha pequena, e sem pai. Aníssia, que tinha conhecidos em Tarútino, contou que essa menina morava com a avó, depois se verificou daquele relato triunfante de Aníssia que essa avó era como a nossa Marfutka, uma mulher bela, mas também pinguça, e a criança de três anos, já totalmente sem memória, foi trazida por mamãe para nossa casa num velho carrinho de bebê.

Minha mãe sempre precisava de mais do que todos nós, meu pai ficou bravo, a menina fazia xixi na cama, não falava nada, lambia catarro, não entendia uma palavra, à noite ficava horas chorando. E por causa desses gritos noturnos logo a vida ficou impossível, e meu pai foi viver na floresta. Não havia o que fazer, tudo apontava que devíamos entregar a menina para a sua avó dissoluta, quando de repente essa avó, Faína, veio em pessoa até a nossa casa e, cambaleando, começou a pedir dinheiro pela menina e pelo carrinho. Minha mãe, sem uma só palavra, trouxe Lena, limpa, de cabelos cortados, descalça mas de vestidinho. Lena de repente caiu aos pés da minha mãezinha sem um grito, como uma adulta, e se curvou numa bolinha e agarrou os pés descalços da minha mãe. A avó começou a chorar e saiu sem Lena e sem o carrinho, pelo visto saiu para morrer. Ela cambaleava enquanto andava e limpava as lágrimas com o punho, mas não cambaleava por causa do vinho, e sim por completa inanição, depois entendi. Havia muito tempo ela não tinha comida, nos últimos tempos Verka não ganhava nada. Nós mesmos cada vez mais comíamos capim cozido de várias formas, com sopa de cogumelos principalmente.

Os cabritos já viviam com o meu pai fazia um bom tempo, longe do perigo, e a trilha para lá havia sido completamente tomada pelas plantas, ainda mais que meu pai nunca passava duas vezes pelo mesmo caminho, pensando no futuro. Lena ficou morando conosco, dávamos leite para ela, a alimentávamos com frutas silvestres e com nossas sopas de cogumelos. Tudo ficou bem mais terrível quando começamos a pensar no inverno. Pão — nem farinha, nem grãos — não havia, nada era plantado ao nosso redor, pois fazia muito tempo que não havia gasolina nem peças sobressalentes, e os cavalos tinham sido abatidos muito antes, não havia nada para pastar. Meu pai andava um pouco e juntava umas espigas inteiras ao acaso em antigos campos, mas outros já haviam estado ali antes dele, e mais de uma vez, então ele conseguiu pouco, um saquinho de grãos. Ele contava desbravar uma semeadura de inverno na floresta, numa clareira não muito longe da isbazinha, perguntava sobre os tempos para Aníssia e ela prometeu lhe dizer quando e como se semeia, como se lavra. Ela não gostava de usar pá, mas não havia arado em lugar nenhum. Meu pai pediu a ela para desenhar um arado e, no estilo de Robinson, ele começou a montar algo parecido. A própria Aníssia mal se lembrava de todos os detalhes, apesar de em outros tempos ela ter precisado usar um arado atrelado a uma vaca, mas meu pai se entusiasmou com as ideias de engenharia e tentou inventar aquele veículo.

Ele estava feliz com seu novo destino e não se lembrava da cidade na qual havia deixado muitos inimigos, entre eles seus pais, minha avó e meu avô, que eu só havia visto quando pequena, e depois tudo se afundou nos escândalos por causa da minha mãe e do apartamento do meu avô, que ficou em ruínas, com seu teto alto, o banheiro privativo e a cozinha. Não tivemos oportunidade de morar nele, e agora minha avó e meu avô talvez já sejam cadáveres. Não dissemos nada a ninguém quando nos mandamos da cidade, ainda que meu pai tivesse passado muito tempo preparando a saída, e por causa dela juntássemos em casa uma carroceria inteira de sacos e caixas. Tudo isso eram coisas baratas e, na época, não estavam em falta, meu pai é um homem de visão, juntou-as ao longo de vários anos, quando elas de fato não eram caras e não estavam em falta. Meu pai era um ex-atleta, alpinista amador, geólogo, havia machucado a coxa, havia muito tempo tinha vontade de ir embora e ali as circunstâncias coincidiram com sua sempre crescente mania de fuga, quando tudo ainda estava desanuviado. "Em toda a Espanha, o céu está sem nuvens"* — brincava meu pai a cada manhã bonita.

O verão foi maravilhoso, tudo maduro, jorrando, nossa Lena começou a falar, corria para a floresta atrás de nós, não colhia cogumelos mas corria atrás da mamãe como se estivesse amarrada a ela, como se fosse a principal tarefa de sua vida. Em vão lhe ensinei como encontrar cogumelos e frutas silvestres, uma criança na situação dela não podia viver tranquilamente e se afastar dos adultos, ela estava salvando sua pele e andava atrás da mamãe para todo lado, corria atrás dela com suas perninhas curtas, com sua barriguinha inchada. Lena chamava a mamãe de "babá", vai saber de onde ela tirou essa palavra, nós não a falávamos. Ela também me chamava de "babá", era muito esperta, aliás.

* Senha transmitida por rádio que deu início à revolta militar contra a Segunda República Espanhola e à Guerra Civil Espanhola de 1936-9. (N. E.)

Uma vez à noite escutamos um miado atrás da porta, como se fosse um filhotinho de gato, e descobrimos um bebê enrolado num casaco acolchoado velho e ensebado. Meu pai, que havia se acostumado com Lena e até vinha para nossa casa de dia fazer alguns trabalhos domésticos, gemeu. Minha mãe estava de mau humor e resolveu perguntar a Aníssia quem podia ter feito aquilo. Com a criança, à noite, sob a escolta da silenciosa Lena, nos dirigimos à casa de Aníssia. Ela não estava dormindo, também tinha escutado o grito da criança e havia ficado muito alarmada. Aníssia disse que haviam chegado os primeiros refugiados a Tarútino e que logo viriam até nós, podíamos esperar mais convidados. O menino miava de modo estridente e sem parar; sua barriga era dura e inchada. Tânia, convidada de manhã para examinar, disse, sem nem tocar a criança, que ele não era dos que sobrevivem, que ele tinha a "doença infantil". A criança sofria, berrava, não tínhamos nem uma chupeta, algo para alimentá-la, mamãe pingou um pouco de água na boquinha seca, ele engasgou. Parecia ter uns quatro meses. Mamãe foi em passos rápidos até Tarútino, trocou um pouquinho de sal por uma chupeta, depois correu de volta, toda animada, e a criança bebeu um pouco de água da mamadeira. Mamãe fez uma lavagem nele, até com camomila, todos nós, inclusive meu pai, corríamos a toda pressa, aquecíamos água, púnhamos compressas quentes na criança. Estava claro para todos que era preciso abandonar a casa, a horta, a organização, caso contrário viriam nos pegar. Abandonar a horta significava morrer de fome. No conselho familiar, meu pai falou que nos mudaríamos para a floresta, ele se instalaria com uma espingarda e o Bonito no galpão perto da horta.

À noite nos mudamos com a primeira parte das coisas. O menino, que chamamos de Náiden, foi no carrinho de mão em cima das trouxas. Para espanto de todos, depois da lavagem ele se recuperou, chupou leite de cabra diluído e agora era transporta-

do sobre a pele de ovelha presa ao carrinho. Lena andava segurando no freio.
   Ao amanhecer chegamos à casa nova, logo depois meu pai fez uma segunda incursão, depois uma terceira. Ele era como um gato carregando todos os gatinhos novos com os dentes, ou seja, todas as suas aquisições acumuladas na corcunda, e a isbazinha terminou atulhada de coisas. De dia, quando todos nós, atormentados, adormecemos, meu pai foi montar guarda. À noite ele trouxe o carrinho com legumes ainda verdes desencavados, batatas, cenouras e beterrabas, nabos e pequenas cebolinhas, que nós armazenamos no porão. Ali mesmo, à noite, ele saiu de novo e voltou quase correndo com o carrinho vazio. Mancou desanimado e disse: "Acabou!". Ele ainda tinha trazido uma latinha de leite para o menino. Descobrimos que nossa casa estava ocupada por alguma brigada, havia um guarda perto da horta, tinham levado a cabra de Aníssia para nossa antiga casa. Desde a noite Aníssia montou guarda para esperar meu pai na rota de fuga dele com aquela latinha de leite da noite. Meu pai, apesar de ficar aflito com isso, também se alegrou porque conseguiu fugir de novo, e fugir com toda a família.
   Agora toda a esperança se concentrava na pequena horta do meu pai e nos cogumelos. Lena ficava na isbazinha com o menino, não a levávamos para a floresta, nós a trancávamos para que não atrapalhasse o ritmo de trabalho. Por mais estranho que fosse, ela ficava com o menino, não batia na porta. Náiden bebia com intensidade a água do cozimento das batatas, e eu e minha mãe vagávamos pela floresta com cestas e mochilas. Já não salgávamos os cogumelos, só secávamos, quase não havia sal. Meu pai estava cavando um poço, o riozinho era meio longe.
   No quinto dia de nossa mudança a velha Aníssia veio nos ver. Ela chegou de mãos vazias, sem nada, só com o gato no ombro. Os olhos de Aníssia estavam estranhos. Aníssia se sentou

na entradinha, segurando o gato assustado na barra da roupa, depois se recompôs e saiu para a floresta. O gato se enfurnou debaixo da entrada. Aníssia logo trouxe um avental cheio de cogumelos, entre eles havia inclusive um amanita, venenoso. Ela ficou sentada na nossa entrada e não entrou na casa. Trouxemos para ela nossa sopa aguada na latinha de leite. À noite meu pai levou Aníssia para o porão onde tínhamos uma terceira casa reserva, e ela passou um tempo deitada se recuperando e começou a vagar alegremente pela floresta. Eu separava os cogumelos para que ela não se intoxicasse. Uma parte secávamos, outra parte jogávamos fora. Porém um dia, ao voltar da floresta, achamos nossos agregados todos juntos na entrada. Aníssia embalava Náiden e se comportava como um ser humano. Ela parecia ter a voz entrecortada, e contava para Lena: "Reviraram tudo, levaram tudo... Nem se meteram na casa de Marfutka, mas da minha levaram tudo, pegaram a cabra na cordinha...". Aníssia ainda foi útil por muito tempo, levava nossas cabras para pastar, ficou com Náiden e Lena até o frio apertar. Depois Aníssia deitou com as crianças no fogão e só subia para o pátio.

O inverno cobriu de neve todos os caminhos que levavam até nós, tínhamos cogumelos, frutinhas secas e geleia, batata da horta do meu pai, um sótão inteiro de feno, maçãs amassadas das propriedades abandonadas na floresta, até um barrilzinho de pepinos e tomates salgados. No terreno, sob a neve, crescia trigo de inverno. Havia cabras. Havia um menino e uma menina para a continuação da espécie humana, um gato que nos trazia ratos perdidos da floresta, havia o cachorro Bonito, que não queria comer esses ratos, mas com o qual meu pai esperava em breve caçar coelhos. Meu pai tinha medo de caçar com a espingarda, ele tinha medo até de cortar lenha, porque podiam nos localizar pelo barulho. Nas nevascas mais fortes, meu pai cortava lenha. Tínhamos uma avó, um poço de sabedoria e conhecimento popular. Ao nosso redor se estendiam extensões geladas.

Meu pai uma vez ligou um rádio e passou muito tempo tentando ouvir algo. Tudo estava em silêncio. Ou a pilha tinha acabado, ou de fato só havíamos sobrado nós no mundo. Os olhos do meu pai brilhavam: ele tinha conseguido fugir de novo! Caso não estivéssemos sós, chegariam até nós. Isso era claro para todos. Mas, em primeiro lugar, meu pai tinha uma espingarda, nós tínhamos esquis e um cão farejador. Em segundo lugar, eles ainda vão custar a chegar! Nós estamos vivendo, vivendo, e mais para lá, sabemos, alguém vive e espera até que tenhamos cultivado o trigo, a batata e cabritinhos novos — e só aí eles virão. E vão levar tudo, eu inclusive. Enquanto isso, nossa horta vai alimentá-los, a horta de Aníssia e a casa de Tânia. Há muito tempo Tânia se foi, e Marfutka continua no mesmo lugar. Quando formos como Marfutka, não vão mexer conosco.

Mas antes disso ainda vamos vivendo e vivendo. E além disso também não vamos dormir no ponto. Eu e meu pai estamos desbravando um novo refúgio.

O milagre

Uma mulher tinha um filho que se enforcou. Quer dizer, quando ela chegou em casa do plantão noturno, o menino estava estirado no chão, ao lado dele havia um banquinho tombado e do lustre pendia uma cordinha de náilon. A boca do rapaz estava ensanguentada, no pescoço se avistava claramente uma listrinha vermelha.

Ele estava inconsciente, porém o coração batia de forma quase inaudível, foi o que o médico da ambulância disse, que era só uma tentativa de suicídio.

Além disso, havia um bilhete na mesa: "Mamãe, desculpe, eu te amo".

Só quando levaram o filho na maca pelo corredor no hospital (e a mãe foi junto com ele na ambulância até a sala de espera e só se afastou na porta da UTI, segurando na mão dele) — só então, ao voltar para casa, ela descobriu que no esconderijo, na meia de lã no fundo da mala, não havia sobrado nada.

Havia ali duas alianças, todo o dinheiro, alguns dólares e brincos de ouro com rubi.

A pobre mulher em seguida também deu pela falta do aparelho de som, a única coisa valiosa que ela fora obrigada a comprar para o filho, com a promessa dele de voltar para a escola. Depois viu muitas garrafas vazias debaixo da cama e na cozinha, um monte de louça suja na pia, e sinais de vômito e sujeira no banheiro.

Para falar a verdade, ainda na soleira, ao chegar de manhã cedo depois do plantão noturno, ela logo viu que haviam feito uma farra — o filho tinha que ir para o exército e dizia que chamaria uns amigos para uma festa, mas a mãe ficava reclamando. Porém, quando ela entrou no apartamento de manhã, no único quarto que havia para os dois, e viu o lustre torto, a mesa afastada, o banco no chão e, o que era ainda pior, a cordinha e o corpo no chão, na mesma hora todos os pensamentos de raiva se foram.

E só agora, ao voltar do hospital, ela imediatamente recobrou a memória e ali mesmo, levantando o banquinho, puxou a mala de debaixo da cama.

Ela estava trancada sem cuidado, apenas com um cadeadinho, o segundo estava solto.

Esse cadeadinho dizia muita coisa para ela, e já sem nenhuma esperança, entorpecida, ela abriu a mala.

A meia estava no seu lugar, debaixo da roupa, mas vazia.

Aquela meia era sua última esperança. Ela fazia vários planos, às vezes de comprar uma televisão, ou comprar um diploma de ensino médio para o rapaz — ele havia abandonado a escola no meio do ano.

Às vezes ela sonhava trocar de apartamento com o dinheiro, precisava economizar e juntar mais. Queria um apartamento de dois quartos, mesmo que fosse num bairro ruim, para que o menino tivesse seu próprio quarto. Mesmo que ela tivesse dificuldades com ele, era seu único parente, não havia sobrado mais ninguém, toda a família havia morrido: pais, tios e tias, depois o marido tinha morrido jovem. Alguma fatalidade os perseguia. E agora o menino também quis ir embora.

A propósito, havia muito tempo ele planejava esse tipo de coisa. O momento da convocação para o exército estava cada vez mais próximo, e desde a infância ele era uma criança meiga, bondosa, não gostava de brigar, dizia que não podia tocar numa pessoa, e por isso vivia apanhando na escola, era constantemente perseguido por três rapazes da turma vizinha, zombavam dele porque não dava o troco, que fracote, e tiravam do bolso dele tudo, até o lenço, e ele ficava calado.

O que não o impedia de agora, quando estava bêbado, ameaçar a mãe. Em geral, houve mudanças estranhas em seu comportamento quando fez amizade com uns rapazes do prédio, mais velhos que ele.

Eles haviam posto o garoto sob sua proteção, ele admitiu para a mãe. Apareceu em casa e disse: chega, agora ninguém vai tocar em mim. E a partir daí andava alegre, alegre até demais.

E então, há alguns anos, quando tinha catorze anos, passou a exigir da mãe um aparelho de som. Os rapazes lhe davam fitas para gravar, e ele não conseguia admitir para eles que não tinha nada, ficava sentado, triste, olhando para aquelas fitas.

Ele havia se gabado aos amigos — pelo visto — de que tinha um determinado aparelho de som e agora não teria jeito. Ele sabia que a mãe tinha dinheiro, estava economizando, juntava, trabalhava em vários lugares, mas ela sempre havia dito com firmeza que uma mesada podia ser a ruína dele, que, além do mais, ele poderia acabar começando a beber e a fumar.

Ele de fato começou a beber e a fumar bem depressa, pelo visto ofereciam para ele; mesmo assim ele encontrava as economias da mãe e roubava aos poucos, ela era distraída e nunca sabia o quanto tinha.

Uma vez ele passou muito tempo gritando que precisava de um aparelho de som, chorou e até adoeceu — sua temperatura subiu e ele disse que não ia se tratar, que queria morrer. Começou a delirar, ele teimava em não comer, e então o coração da mãe vacilou, ela foi e comprou um aparelho de som para ele, o mais barato, mas que mesmo assim era caríssimo.

O filhinho se recuperou na mesma hora, olhava admirado para o aparelho de som, mas de repente deitou de novo, se virou e disse que não era aquele o aparelho de que ele precisava.

No dia seguinte, mãe e filho se arrastaram até aquela lojinha barata para trocar o aparelho de som, pagaram mais uma quantia absurda de dinheiro — e além disso foram enganados quando os vendedores na loja viram o estado da mãe e que ela estava disposta a tudo.

Depois disso, sem o menor controle, ele escutava o aparelho de som dia e noite como um louco, regravava as fitas (precisava de dinheiro para as fitas também), e logo surgiu a questão de uma nova jaqueta de couro, jeans e tênis.

Aí a mãe se recusou terminantemente. Afinal, onde isso terminaria?

Ela disse para ele: se não quer estudar, vá trabalhar, como eu. Concordo com qualquer trabalho que seja para o seu bem. Ele começou a falar que não seria como a mãe, que se matava de trabalhar para ganhar uma ninharia.

Além disso, ele tinha medo de fazer o que fazem os meninos nessa situação: vender jornais, lavar o vidro dos carros no semáforo — talvez esteja amedrontado, pensava a mãe, com medo de ser perseguido de novo, de apanhar etc. A própria mãe era da linhagem dos medrosos, se assustava com tudo, chorava por tudo, e ele, pelo visto, havia crescido assim, sem exemplo paterno.

Mas pouco depois desses escândalos a questão foi que ele

não queria usar sua jaqueta e as calças velhas, e caiu numa tristeza, não fazia a lição, não tinha por que ficar vagando pela escola, ficar lá passando vergonha na frente da turma, não havia motivo simplesmente. Não ia até lá para ficar ouvindo xingamento. Ele não gostava de ouvir sermão, tinha verdadeiro ódio.

Ele passava cada vez mais tempo com seus defensores, o grupinho do prédio, e os meninos, refletia a mãe, sentada na mala estraçalhada, bebiam ali, fumavam, comiam, e o filho se servia às custas deles.

E agora, pensava a mãe, finalmente o tinham feito lembrar que tudo o que ele comia e bebia era com o dinheiro deles, e havia chegado a hora de retribuir.

Por isso ele sempre falava que precisava fazer uma festa de despedida quando fosse para o exército, e ela brincava que era cedo, faltavam ainda dois meses.

E, claro, toda criança conhece os lugares secretos onde a mamãe esconde o dinheiro.

A mãe até esquece, mas o filho lembra. Uma vez essa Nádia, a mãe, queria comprar umas botas para o filhinho Vova, mas não encontrava o dinheiro e Vova apontou para debaixo do armário. Na época ele tinha oito anos — agora, já havia chegado aos dezessete.

Em suma, a mãe estava sentada em meio a toda aquela devastação, aquele escárnio — na parede do banheiro tinham escrito palavrões, tinham derramado os cereais de todas as latinhas, como se estivessem à procura de algo —, ela estava sentada pensando que já não havia o que fazer.

O médico também tinha dito, na sala de espera, que ele estava vivo e respirando, que seria levado para a UTI, mas só por segurança, por causa do regulamento, e depois seria transferido para a ala psiquiátrica.

Se lá, no hospital, ele fosse declarado louco, isso seria o que ele mesmo mais temia, porque em segredo pensava comprar um carro algum dia, e não dão carteira de motorista para loucos. Nesse caso, ele não entraria para o exército e viveria para sempre às custas dela, como vinha acontecendo, e rolaria cada vez mais para o fundo do poço.

Se por outro lado ele *não* fosse declarado louco, o que também era provável — pois ele agora negaria o suicídio, lutaria com todas as forças, diria que queria assustar a mamãe —, então o exército o aguardava, e isso era exatamente um suicídio, um caixão de zinco. Ele avisou à mãe: Não vou aguentar humilhações, me espere que eu volto do exército bem rápido, me enterre junto com o meu pai.

Não havia o que fazer. Nádia deixou passar a tarde, a noite e a manhã e foi, cambaleando, para o hospital. Lá, a médica da ala psiquiátrica a recebeu calorosamente, disse que era uma simulação de suicídio com a ajuda dos amigos, o próprio rapaz havia reconhecido. "Mas tinha marcas no pescoço dele!", exclamou Nádia.

— A corda era muito fraquinha, ele fez isso de propósito — respondeu a médica. — Ele disse que, se quisesse se enforcar, havia outra corda em casa, um fio de eletricidade. Depois ele nos contou tudo o que a senhora falou com a enfermeira da ambulância, o que ela disse, qual era a aparência da moça, como estava vestida. Ele estava o tempo todo fingindo para a senhora.

"E o sangue na boca?", Nádia teria perguntado à médica, se ela estivesse escutando. O rapaz estava muito aflito e não queria ver a mãe, disse a doutora, não queria ir para casa depois de uma brincadeira daquelas.

"Mas ele me roubou", Nádia quis exclamar, mas só começou a chorar amargamente.

— Você mesma precisa de um tratamento — aconselhou a médica.

Com isso, Nádia a muito custo voltou para casa e lá começou a telefonar para conhecidos e se aconselhar. Depois, desceu para o pátio onde ficavam as velhinhas, também se aconselhou com elas. Ela estava se comportando como uma verdadeira louca, ou seja, como se estivesse com a língua solta. Chegava a parar simples conhecidos na rua e lhes contava tudo, como uma confissão. As pessoas já olhavam para ela com interesse, assentiam, faziam perguntas. Mas ela acabou sendo ajudada por uma velhinha, sua ex-vizinha, que encontrou na rua e que agora morava longe, com a irmã. Ela estava doente, como contou, com uma doença fatal, e tinha mais duas semanas de vida, e por isso não via Nádia fazia muito tempo. Houve um momento em que Nádia levava produtos da loja para ela, e a velhinha sempre lhe contava que havia passado a escritura do seu apartamento para o neto querido, para chegar ao fim da vida certa de que o rapaz estaria com o futuro garantido. Esse neto, ao receber a escritura, decidiu na mesma hora fazer uma grande reforma, trocar o piso, mudar o parquete, e mandou a avó para a casa da irmã dela para não incomodar. Depois desapareceu, e agora umas pessoas estranhas moravam no apartamento, elas haviam comprado do neto com todas as formalidades, essas coisas — todos no prédio conheciam essa história.

Essa velha, despejada por uma artimanha do neto, antes visitava os vizinhos e só chorava, mas agora dava para notar que estava calma. Por isso não reclamava mais, disse que levava uma vida bem razoável ("Com sua irmã?", perguntou Nádia, e a velha respondeu que agora sem a irmã, e Nádia ficou com medo de perguntar mais, se a irmã havia morrido), levava uma vida razoável, plantava muitas flores ("Na varanda?", perguntou de novo Nádia, e a velha disse que não, em cima da cabeça, respondeu de forma meio estranha, e Nádia não perguntou mais), mas para a própria Nádia era importante desabafar, e ali mesmo ela desembuchou tudo, tim-tim por tim-tim.

A velha disse para ela: "Procure o tio Kornil". Só isso. Saiu apressada e desapareceu num instante na esquina de seu antigo prédio.

Nádia, estupefata, espiou depois da esquina, virou na esquina de novo, mas a velhinha já não estava no pátio.

Não havia mais o que fazer. Nádia começou mais uma vez a ligar para todos e a perguntar a quem podia, e no correio uma mulher na fila lhe disse que o tio Kornil vivia na serralheria do hospital, perto do metrô.

E que ele estava à beira da morte, e não podia beber.

Mas sem uma garrafa o serralheiro não a deixaria entrar.

Não só isso — sem uma garrafa ele não diria nada.

Era preciso fazer desse jeito, direitinho, estender uma toalhinha limpa, pôr ali uma vodca etc.

A mulher explicou tudo e disse onde ficava o hospital.

A aparência dela não era boa, estava pálida como se ela mesma tivesse vindo do hospital. Além disso, estava toda de preto e na cabeça usava uma espécie de véu, os cabelos pretos, olhos vermelhos, bondosos.

Sem pensar, Nádia correu para comprar vodca, preparou tudo e pôs numa bolsa.

Perto do hospital finalmente lhe indicaram a oficina, era um porão comum no hospital — melhor dizendo, um boteco comum.

Pelo visto, todos os bêbados do bairro se reuniam ali. Na saída Nádia viu dois, três que tagarelavam perto da porta, à espera de alguém ou só vadiando.

Com medo de que pegassem suas garrafas, Nádia partiu em direção à entrada da casa como um tanque, varrendo os bêbados do caminho, e bateu com força na porta. Só se abriu uma frestinha, mas Nádia, mostrando a garrafa na bolsa, forçou caminho para dentro do porão. Atrás dela, os mesmos moradores de rua começaram a empurrar uns aos outros, houve uma espécie de algazarra e gritos às suas costas.

Pegaram a garrafa dela na mesma hora.

Com isso, a pessoa que pegou a bebida balançou a cabeça e disse que o tio Kornil estava indo embora e não podia beber.

Porém, na mesma hora lhe indicaram um canto onde, perto de um armário sem portas, estava deitado no chão um homem que parecia saído do lixo, com os braços estendidos.

Nádia fez o que a mulher do correio havia dito para fazer: estendeu a toalhinha, pôs uma garrafa limpa com um copinho, cortou o pão, pôs pepininhos salgados num papel e ao lado um dinheirinho para rebater a ressaca.

O tio Kornil já estava deitado como um morto, com a boca aberta, na testa uma infinidade de arranhões com sangue seco, um deles era grande como uma ferida, bem no meio.

Nas palmas das mãos havia umas feridas que pareciam alérgicas. Nádia sentou e esperou, depois abriu a garrafa e pôs vodca no copo.

O tio Kornil voltou a si, abriu os olhos, fez o sinal da cruz (Nádia também) e sussurrou:

— Nádia — ela estremeceu. — Você tem a fotografia dele?

Nádia não tinha uma foto do filho. Ela ficou paralisada de desgosto.

— Você tem alguma coisa dele?

Nádia começou a remexer na bolsa, pôs no chão uma carteira, um pacote de leite e um lenço de nariz meio sujo.

Não tinha mais nada.

Com esse lenço ela havia enxugado as lágrimas quando estava saindo do hospital pela primeira vez.
Nádia aproximou o copo cheio do homem deitado. Então o tio Kornil apoiou-se no cotovelo, bebeu, comeu um pedacinho de pepino e voltou a se deitar, dizendo:
— Me dê o lenço.
Depois ele falou, segurando o lenço dela (na mão dele havia uma ferida suja, cheia de pus):
— Mais um copo e eu me acabo.
Nádia se assustou e fez que sim.
Ela ficou de joelhos diante dele, disposta a escutar tudo. Lá, no lenço, estavam os vestígios de seu sofrimento, suas lágrimas secas, talvez também fosse um vestígio do filho — era o que ela esperava.
— O que você quer? — murmurou o tio Kornil. — Me diga, pecadora.
Nádia então logo respondeu, caindo no choro:
— Qual foi o meu pecado? Não tenho pecados.
Atrás das costas dela, perto da mesa, ressoou uma gargalhada alta, rouca: pelo visto algum dos beberrões havia dito algo engraçado.
— Seu avô pelo lado do pai matou cento e sete pessoas — disse o tio Kornil com voz rouca. — E agora você vai me matar.
Nádia assentiu de novo, limpando suas lágrimas quentes.
O tio Kornil se calou.
Ele ficou deitado, calado, e o tempo passava.
Pelo visto, ele precisava beber para começar a falar de novo.
Sobre o avô pelo lado paterno, Nádia não sabia quase nada, ele havia desaparecido sem vestígios, algo assim — como se houvesse poucas guerras em que as pessoas a contragosto, sem raiva, matassem umas às outras!
Dá-se a ordem e ou você mata, ou te matam por descumprimento.

— E daí que meu avô era soldado? Mas e o menino? Que culpa ele tem? — começou a resmungar Nádia, ofendida. — Que eu sofra, mas por que ele tem que ter esse destino?! Como se pouca gente tivesse matado alguém no passado.

O tio Kornil ficou calado e deitado como um morto. Pela testa dele correu uma gota viva de sangue.

— Ai — disse Nádia, olhando horrorizada para aquele filete. Seria preciso limpá-lo, mas não havia com quê, não seria com sua saia, ia se sujar e andar pela cidade com a saia manchada. E o lenço estava na mão do tio Kornil.

Sem o lenço ele não diria nada.

No lenço havia os vestígios do sofrimento dela e do filho.

Então novamente ressoou um grasnado.

Nádia se voltou e viu a cara dos que riam à mesa. Ninguém estava prestando atenção nela.

— Não há esperança para mim — Nádia explodiu de repente. — Você mesmo sabe, tio Kornil.

O tempo passou.

O filete de sangue secou na testa do homem deitado.

Ele estava péssimo, sujo, magro, meio fedido: provavelmente já não se levantava havia muitos dias.

No armário sem portas, espalhavam-se garrafas vazias. Pelo visto aquele Kornil já havia ajudado muita gente.

E esperava que dessem mais vodca para ele.

Aquela mulher tinha mesmo avisado que sem uma garrafa ele não falaria.

Nádia serviu mais um copo. Segurando-o, ela disse:

— Você perguntou o que eu quero. Quero a felicidade do meu filho. Nada mais.

Então ela se calou, imaginando que naquele momento o feio tio Kornil iria prever a felicidade do filho dela, e para Vova a felicidade estava em bebedeiras, farras, vida alegre, motos.

— Mas que ele estude, que volte para a escola e estude.
Então ela parou, pensando que ele ainda precisava estudar dois anos na escola, e por todo esse tempo ela teria que se matar de novo em três trabalhos, dar comida a ele, e já não tinha mais forças.

— Que ele me ajude — disse Nádia —, que também trabalhe, ganhe dinheiro, aprenda a trabalhar.

Mas depois ela pensou que logo o levariam para o exército, e de lá ele voltaria num caixão de zinco, como havia prometido.

— Que depois vá para a faculdade, e não para o exército — decidiu Nádia com firmeza.

Porém, a perspectiva de se atormentar por mais seis anos (um de escola e mais cinco de faculdade) e não dormir antes de cada prova a preocupou seriamente: ela sabia como era, enlouquecia quando Vova não chegava em casa na hora certa, chorava, gritava toda vez que era chamada na escola, depois das notas 2, dos livros esquecidos, das brigas e das anotações no diário.

— Certo — ela disse por fim ao tio Kornil —, que ele trabalhe e estude bem, me obedeça, chegue na hora e... nada de bebedeira e farra, daqueles amigos... especialmente as amigas... vão fazer que ele acabe na cadeia e tudo o mais! De manhã cedinho ele acorda, sai, volta, faz tudo, me ajuda...

Então a pobre Nádia de repente pensou que o melhor de tudo seria que o filhinho estivesse vivo, saudável, estudasse, ganhasse dinheiro, mas que ele nunca estivesse em casa.

Quando estava em casa era barulho, música, tudo espalhado, conversas no telefone até a madrugada; ele comia de pé feito um cavalo, gritava, acusava a mãe de ser sovina, exigia dinheiro com lágrimas nos olhos...

Ela lembrou o quanto teve que aguentar de seu único filho de sangue, e começou a falar com amargura:

— Você fala em pecadora, mas onde foi que eu pequei?

Quando? Não vivo para mim, só para ele... Sempre só para ele... Penso no que comprar para ele. Como vesti-lo. O que for mais barato. Economizei e economizei, agora ele roubou todo o dinheiro... Sim, que ele nunca mais roube, tio Kornil... Nunca ninguém roubou na nossa família... E que não beba. A saúde dele é ruim, ele tem alergia, bronquite crônica. Quero que ele entre na faculdade. Que termine o curso e depois se case com uma boa menina. E vá morar com ela. Deus acompanhe os dois. Ou ele sozinho, ou os dois vão começar a morar comigo... E ainda com uma criança... Já não tenho mais forças. A psiquiatra me aconselhou a procurar tratamento para mim mesma. Mas vou ajudá-los. E eu, e eu, quando vou acabar com a minha vida... Eu só me preocupo com ele, só choro por ele dia e noite... Que pecadora que nada...

Ela sentou nos joelhos com o copo na mão, lágrimas corriam pelas bochechas com tanta abundância que ela não percebia nada à sua volta.

— Realize um milagre, tio Kornil — disse ela. — Eu não sou pecadora, não tenho pecados. Me ajude. Faça algo, não sei o quê. Eu já estou confusa.

O tio Kornil estava deitado imóvel e quase não respirava. Com muita cautela Nádia aproximou o copo da boca entreaberta, ajeitando para melhor derramar a vodca sem deixar escapar nenhuma gota.

Seria preciso levantar um pouco a cabeça dele, e então daria tudo certo.

Tudo saiu como ela queria: com uma mão segurou a nuca do tio Kornil, e com a outra cuidadosamente aproximou a bordinha do copo dos lábios finos e secos.

Com isso ela chorou e implorou pela realização de seus pedidos, sem saber direito quais.

— Agora vamos beber... — ela balbuciou, cuidadosa. — E vai ficar tudo bem.

Nesse momento os olhos dele se abriram como os de um morto — Nádia se lembrava bem daquele olhar fixo, voltado para um canto do teto onde parecia se encontrar algo muito importante.

Nádia entendeu que as expectativas dela não estavam se cumprindo, que logo, logo o tio Kornil morreria sem fazer nada. Sua última esperança estava na vodca.

Se conseguisse derramar aquela vodca na boca do tio Kornil, seria possível que ele se reanimasse por algum tempo — e depois, que morresse, ele mesmo havia dito que só mais um copo e se acabaria.

Mas esse copo ele ainda não tinha bebido!

Como pode, o tio Kornil havia prometido! Ele havia feito tudo para os outros, e nada para ela: quantas garrafas vazias havia no armário!

Nessa hora, os homens começaram a falar todos ao mesmo tempo:

— Ah, Andréievna está a caminho, para fora com ela... Abra para Andréievna, Andréievna. Tio Kornil, sua mãe chegou. Ah, ela sentiu que havia uma garrafa aberta...

Na janela apareceu um perfil feminino.

Desconcertada, Nádia congelou com o copo na mão. Era preciso encerrar mais rápido aquele assunto, antes que a mãe do tio Kornil a encontrasse.

"É sempre assim", pensou Nádia, "os outros conseguem tudo, só eu que não."

Na mão dela estava a cabeça pesada do moribundo, que olhava para o teto obstinadamente.

— Tio Kornil — chamou Nádia —, tiozinho Kornil, beba aqui!

A boca dele estava bem aberta, o queixo pendia, inerte.

Já estavam batendo na porta, alguém foi abrir.

"É só não derramar", pensou Nádia febrilmente, "senão vai tudo por água abaixo."

Não sei por que ela pensava que, se não deixasse escapar nenhuma gota, todos os desejos dela se realizariam. Seria o fim daquela condenação para toda a vida.

Ela levantou a cabeça do tio Kornil ainda mais alto.

— Assim, agora vamos beber — balbuciou Nádia, ajeitando a borda do copo cheio. — Hum!

Era assim que ela dava leite para seu filhinho beber na infância.

Isso era na aldeia onde eles moravam quando Vóvotchka ainda era pequeno, e o marido vinha nos fins de semana... O Vóvotchka sempre escancarava a boquinha com dois dentes como um bobo, e o leite corria.

Então a porta bateu e se ouviu uma voz de mulher, sonora e embriagada:

— Tem alguma coisa pra beber aí, seus doentes incuráveis?

"É a mãe dele", pensou Nádia com horror. "Não consegui."

O copo começou a tremer na mão dela.

Agora a mãe se aproximaria e estabeleceria a ordem.

— Andréievna, junte dinheiro para um caixão e música — os homens começaram a fazer uma algazarra —, seu Kornil convenceu essa aí a dar uma última dose para ele.

— Caixão uma ova, vamos doar o corpo dele para a faculdade de medicina! — disse a mulher astutamente. — Vamos beber por ele!

Responderam a ela com uma risada de aprovação.

— Muito bem, Nádia — disse a mulher sem se aproximar —, acabe com esse rapaz. Vá em frente. Hoje ele vai beber o último copo.

"Como ela sabe meu nome?", Nádia pensou assustada.

— Que diabo, você está prolongando isso — continuou a

mulher. — Acabe logo com isso, ele estava só te esperando. Ele já cansou daqui, todos o amam, todos trazem alguma coisa. Ele não pode recusar a bebida, vai ser uma ofensa. Ele é assim, ele é incapaz de ofender alguém.

Os homens começaram a rir muito. Nádia tinha medo de se virar. Pelos sons, a mulher estava sentada à mesa, estava entornando umas.

— Kornil esperou tanto por ela, era a última gota no cálice, ele disse.

Nádia já não entendia nada, suas mãos tremiam.

— Ele vai fazer tudo para você, não tenha medo — gritou a mãe de Kornil. — Ele sempre fez tudo para todos, fez milagres, curou cegos, levantou gente sem pernas.

"Ressuscitou um judeu à beira da morte, Lázar Moisséievitch. Os filhos desse Lázar já estavam na justiça pela herança. Ele ressuscitou, eles se queixaram para Kornil: 'Quem te pediu?'. O pedido havia sido feito pela segunda mulher, eles moravam juntos, quando ele enviuvou, ela criou os filhos dele. Quando Lázar morreu, os filhos na mesma hora entraram com um processo contra ela, para que ela saísse do apartamento deles ou pagasse tudo para os dois. Essa esposa achou Kornil, pôs duas garrafas diante dele. Lázar ressuscitou, não entendeu nada.

"Depois um cego com uma bengala pedia esmola na estação. Kornil viu o suplício dele e disse: 'Abra os olhos e ande'. E assim ele tirou os óculos e andou, mas começou a xingar que agora ninguém daria nada para ele.

"Depois Kornil levantou um homem sem pernas. A mãe dele veio até aqui, não conseguia cuidar dele, tinha pena, o homem passava o dia mofando, deitado. Kornil lhe deu pernas, ele começou a beber, passou a perseguir a mãe com uma faca por todo o apartamento. Ela veio correndo para cá com vodca de novo, para derrubá-lo de volta."

Ressoou a terrível risada dos homens.

A mãe bebeu, tossiu um tempo e continuou:

— O que você sonha vai acontecer, Nádia, acredite em mim! "Ofereça também algo para ele, faça sua parte. Ele te escolheu. Você lembra da mulher do correio? Era eu. Ele me mandou te buscar. Lembra da velhinha? Ele disse: 'Nádia vai fazer tudo, não vai ter medo, ela precisa tomar uma decisão em relação a Vova'. Não se preocupe. Você está numa situação difícil com o seu filho, mas para o meu filho também é difícil. Não adiantou nada ele ter vindo dessa vez, nada, e ele está esperando quem o levará. Ele mesmo não pode ir, não é permitido, alguém tem que ajudar."

Nádia, sem escutar, olhou para o tio Kornil, que estava deitado com a cabeça no braço dela, depois acenou com a cabeça, com cuidado baixou o copo e disse:

— Bem, obrigada, nós mesmos vamos nos virar com nossa desgraça, o seu filho está doente demais, e você o que faz? Dá de beber. O que você está fazendo, mulher? Não entendo mesmo. Ele precisa ir para o hospital, e você faz o quê? Eu estou vendo, ele está morrendo, meu próprio marido morreu nos meus braços, eu entendo disso.

Ela até cravou de leve os dedos no copo, que balançou e caiu, a vodca entornou, tudo se cobriu de fumaça.

E Nádia se descobriu na rua, estava indo para casa com a cabeça completamente vazia, até cambaleando um pouco.

Mas, sem saber por que ela andava com leveza e alegria, sem chorar, sem pensar no futuro, sem sofrer por nada. Como se o mais terrível em sua vida tivesse ficado para trás.

RÉQUIENS

O deus Posêidon

Foi num lugar à beira-mar que encontrei minha amiga Nina, uma mulher já não muito jovem e com um filho adolescente. Nina me levou até sua casa, e vi algo incomum. A portaria, por exemplo, era retumbante, alta, com escadaria de mármore, e depois vinha o próprio apartamento, atapetado com pelo de castor cinza, com predominância de madeira escura e feltro escarlate. Tudo isso tinha uma aparência magnífica, como uma imagem na revista da moda *L'Art de la Décoration*, a arte da decoração, e exatamente igual era o banheiro, novamente o chão atapetado em cor cinza, com lavabo de porcelana azul e espelhos — era simplesmente um sonho! Eu não acreditava nos meus próprios olhos, mas Nina tinha a mesma eterna aparência reticente e cansada, e me levou para o quarto com três portas escancaradas, meio escuro, mas também elegante, com uma quantidade inesperada de camas desfeitas. "Como é, você se casou?", perguntei para Nina, e ela, com cara de dona de casa que arruma tudo, preocupada, mas sem tocar em nada, foi para uma das portas. Lembro do quarto luxuoso, como um hotel, com closets, uns quatro metros de cada lado, e vestidos pendurados nos cabides. Como essa riqueza e abundância foram concedidas à pobre Nina, que nunca havia tido uma roupa íntima razoável, e usava eternamente o mesmo sobretudo no inverno e três vestidos, um mais velho que o outro? Havia se casado, mas aqui? Foi para aquele lugar selvagem, aquele vazio à beira-mar onde as pessoas não moram, e sim esperam o verão, quando será possível alugar quartos para estranhos. Mas e aquelas escadas, os corredores, as passagens; e além disso não saí do apartamento pela mesma porta, dei por mim na portaria vizinha, de mármore branco, onde já entravam alunos de escola com professoras numa excursão.

Bem, ela se casou, no fim das contas era isso. Nina havia trocado seu apartamento de um quarto em Moscou, onde vegetava com o filho, por aqueles aposentos, e ainda por cima com toda a mobília e até lençóis e roupas! Quer dizer, os donos da casa não haviam tocado em nada, eles apenas se retiraram, e por isso Nina tinha o ar preocupado, porque havia duas camas a mais no quarto — eram camas da dona da casa e do filho, um jovem pescador calado com bochechas gorduchas. A dona da casa pelo visto cuidava de seus afazeres como antes, pelo visto cuidava da casa, e nos sentamos à mesa sob a supervisão dela; ela se comportava tal como uma sogra boa e tranquila, e como se Nina fosse sua nora querida, em nome da qual a sogra se desdobrava e se atarefava pela casa, mas na verdade mantendo todas as posições de mãe da família e principal pessoa da casa, sem permitir que a nora fizesse nada.

Acontece que a dona da casa havia feito uma troca com Nina. Nina largara seu trabalho no jornal da capital e se preparava para escrever sobre a região, sobre o mar, que ela sempre havia adorado — ela venerava tudo o que vinha do mar —, e enquanto isso ela circulava com o rosto preocupado por sua nova casa, da qual a antiga dona ainda não havia saído. Todas as formalidades foram cumpridas, Nina tinha os papéis, ela morava com o filho na casa, mas a senhoria idosa e o filho dela também estavam morando nessa casa por todo aquele inverno, e nem sombra de falar em mudança. Nina, que não era uma pessoa prática, era desleixada, habituada a deixar tudo seguir seu curso natural — por isso saiu do jornal para viver como autônoma e para supostamente desvendar toda a sua vida —, aceitou tudo o que estava acontecendo. Ela comia, bebia, ia até a praia, sentava lá, o filho dela ia para a escola local, bastante boa, não precisava de dinheiro, toda aquela família duplicada se alimentava com dádivas do mar que o jovem pescador trazia no barco.

— Quem é ele? — perguntei, e Nina respondeu sem hesitar que ele era filho do deus do mar, Posêidon, podia viver e respirar debaixo da água, de lá trazia tudo, ia a pé para vários países pelo fundo do mar e trazia não só peixe, mas também conchas e pérolas, assim como tudo para a casa e para a família.

Com isso a antiga esposa de Posêidon, que não se sabe por que aceitara Nina completamente arrasada sob seus cuidados, se sentava na cadeira principal, sob uma janela alta, e nos dava de comer e nos dava de comer, e na minha memória sempre surgia da suíte de luxo digna de hotel, com lençóis magníficos como espuma do mar, e com quatro camas — e imaginava que é assim que é preciso ser, deixar tudo seguir seu curso, sem lutar, afrouxar os braços, e então você vai respirar debaixo daquela água, e o deus Posêidon vai te tomar e te instalar em condições nada ruins.

Pois, ao voltar para casa em Moscou, fiquei sabendo que Nina não havia se mudado para lugar nenhum, e justo no ano anterior havia se afogado com o filho pequeno, estavam no famoso naufrágio de uma lancha de passeio perto daquela mesma costa onde eu acabara de passear, sem suspeitar de nada.

Eu te amo

Com o passar do tempo, todos os sonhos dele poderiam ter se realizado e ele poderia ter se unido à mulher amada, mas o caminho era longo e não levou a nada. A única coisa que o acompanhou por todo aquele caminho longo e estéril foi uma imagem de revista com a fotografia da mulher amada, e ainda por cima no trabalho dele só algumas pessoas sabiam quem era ela — um par de pernas, e só isso, bem roliças, sem meias, com sandálias de salto alto; ela mesma havia se reconhecido na hora, sua bolsinha e a barra do vestido. Como ela adivinhou que haviam fotografado sua metade inferior? O fotógrafo havia corrido na rua e clicado uma vez, outra, depois publicou só a saia e as pernas dela. Ele, a pessoa de quem estou falando, guardava essa foto em casa sobre a mesa, presa com tachinhas, e a esposa não o contradizia em nada, ainda que fosse uma mulher severa e mandasse em toda a família, até na mãe, e depois nos filhos, sem falar nos parentes distantes e nos alunos. Porém, era uma dona de casa boa, acolhedora, generosa, só que não dava sossego aos filhos, e a mãe vivia tranquila com ela, deitava na caminha, lia para os netinhos enquanto podia, aproveitava o calor, a calma, a televisão. Depois, passou muito tempo morrendo resignadamente, já quase não mexia a cabeça, e um dia se foi em silêncio. Quanto a ele, depois de enterrar a sogra, ficou pacientemente esperando que a mulher morresse. Por algum motivo ele sabia que ela morreria e o libertaria, e ele se preparava para isso de forma muito ativa: levava uma vida esportiva e saudável, corria de manhã, até brincava com halteres, mantinha uma dieta rigorosa e com isso conseguia trabalhar muito e chegou a ser chefe do departamento, viajava para o exterior — e esperava. Sua escolhida, uma loira bonitinha e roliça, era o sonho de todos os homens e quase uma Marilyn Monroe, trabalhava bem ao lado dele e às vezes o acompanhava nas viagens a trabalho — e ali começava a verdadeira vida: restaurantes, hotéis, passeios e compras, simpósios e excursões. Que saudade ele sentia todas as noites, ao voltar do paraíso para o inferno, para o ninho pobre e quente onde turbilhonava a vida em família, atravancada, pesada, em que as crianças adoeciam, enlouquecidas e enfurecidas, atrapalhando a concentração, e eles precisavam acalmá-las; a situação chegava a ponto de ter que recorrer ao cinto, e depois o pai se sentia ainda mais humilhado e ofendido. A própria esposa gritava com as crianças, a esposa não tinha tempo para nada, mal conseguia dar a volta na casa inteira. Como em toda família que se preze, ali também moravam uma gata e um cachorro, e a gata dava miados roucos a noite toda quando estava no cio, e o cachorrinho latia cada vez que chegava o elevador, e justamente à noite aquela família era especialmente desagradável para o pai: ele ficava deitado na cama e, submergindo em sonhos saudosos, ansiava pelo corpo, pela tranquilidade, pelos encantos que emanavam daquela amiga ilícita durante as viagens. Quando não estavam juntos, a loira também era perseguida pela vida: o marido e a sogra subiam no pescoço dela, a sogra a obrigava a esfregar o apartamento inteiro aos sábados, a ponto de limpar os azulejos do banheiro com amônia! O marido bebia demais e não deixava a coitada ir às festas do trabalho, aniversários etc., sempre fazia escândalo antes das viagens a trabalho, desconfiava, ele e a sogra a pressionavam, como Cila e Caríbdis; além disso, eles ainda faziam escândalos entre si, o marido e a mãe. A sogra importunava a pobre loira, perguntava por que o marido dela nunca beliscava alguma coisa quando bebia, e comia pouco em geral, até disso ela era culpada! No trabalho a loira reclamava muito pouco, era discreta e não desabafava com ele diretamente, como fazia a esposa. Existem mulheres assim, ele pensava, esparramado na cama, o marido solitário, e atrás da parede choravam e se esgoelavam os filhos dele dormindo, um menino e uma menina, e a esposa cardíaca roncava, cada vez mais velha e cada vez mais amorosa. Para a mente é inconcebível que ela, uma velha de quarenta e tantos anos, o amasse e cuidasse tanto dele! Parece que ela nunca acreditou que ele a amava, que aquele homem chique, com as têmporas grisalhas, fosse marido dela, e sempre se apagava e se recusava a ir com ele para qualquer lugar. Ela costurava vestidos para si mesma, sempre com o mesmo corte simples, longos e folgados, para esconder a gordura e os remendos nas meias, para as quais sempre faltava dinheiro. Na língua dos inúmeros convidados e parentes, isso se chamava "vestir-se com bom gosto e discrição"; os convidados vinham em multidões em todas as festas, adoravam os salgadinhos dela, os pãezinhos e as saladas — eram todos convidados dela, amigos de escola, da mesma idade, parentes — eles se lembravam dela jovem, bonita, com covinhas, com uma trança grossa, e não reparavam que ela já não era mais a mesma, já tinha se apagado.

    Na verdade, ela já havia descartado a trança e as covinhas fazia muito tempo, cuidava do marido e da mãe, tomava conta dos filhos, corria para comprar alimentos frescos na feira para ele, senhor da sua vida, e não tinha tempo de ir a lugar nenhum, mas por algum milagre sempre chegava na hora em todos os lugares, e assim tentava viver em ordem — e, naturalmente, à noite ficava muito tempo com os livros na cozinha, depois de pôr a família inteira para dormir, fazendo algum trabalho extra naquelas mesmas noites, na mesma cozinha, ou preparando as aulas.

Ao chegar do trabalho, ela contava histórias sobre seus alunos e às vezes cozinhava um balde de almôndegas e um balde de mingau, e os alunos vinham visitá-la, traziam flores, faziam um barulho tímido, comiam tudo o que houvesse e distraíam a professora com canções absurdas e coletivas. Mas isso acontecia quando o senhor estava fora em suas viagens a trabalho, e só nessas horas.

Quando os filhos nasceram, o menino e a menina, o primeiro pensamento dela foi o marido: levá-lo ao trabalho depois do café da manhã, recebê-lo com jantar na mesa quando chegava do trabalho, escutar tudo o que ele queria dizer. Houve só um intervalo, quando a mãe dela começou a morrer e no curso de três anos morreu; nesse momento ela abandonou tudo, e as coisas de alguma forma andaram, não se sabe como, e o pai da família, no café da manhã, comia sozinho o que havia na mesa, e também jantava sozinho, ele mesmo ajeitava algo e ia para o quarto carrancudo, mas mesmo assim foi o primeiro a carregar o caixão, e não se diferenciava do resto em sua tristeza genuína. Depois do enterro o quarto da mãe ficou vazio, fechado, não havia forças e também a dona da casa em silêncio resistia, dormia na sala com os filhos, ou melhor, ficava sempre sentada do mesmo jeito na cozinha — tinha perdido o sono.

Para o marido também foi um período difícil; seu amor começara a se queixar e a exigir uma vida familiar completa, independente, recusava-se a se trancar com ele no apartamento vazio de conhecidos, como já se acostumara a levá-la no intervalo do almoço, e até ia mais longe: ela estava flertando nos escritórios vizinhos e no bufê, e os homens, farejando uma "defesa enfraquecida", na expressão dos colegas, abriram uma trilha para o escritório dela, e o telefone tocava, e alguém passava para dar uma carona e por aí vai. Nosso marido estava comendo o pão que o diabo amassou, estava roído de amor e dívidas, e adotou uma postura inflexível e obstinada no tratamento de sua amiga, apesar de às vezes chorar aliviado no ombro dela, se conseguisse. O que podia fazer? A esposa, em todo o seu desespero, notava que o marido havia murchado, que seu olhar estava perdido e que ele parecia totalmente fora do ar. A esposa voltou a si, rapidamente fez uma reforminha no quarto da mãe e lá se instalou com os filhos, e a sala voltou a ser um lugar de encontro, conversas e pequenas festas, e para os convidados o marido parecia um pai de crianças maravilhosas e chefe da casa (e não um cachorro abandonado e sem lar), e amado, um marido idolatrado como um semideus (e não o antepenúltimo pretendente na fila de uma mulher sem dono). Agora davam o café da manhã a ele antes de todos, de repente até foram costurados alguns vestidos novos de lã barata, aos domingos a esposa começou a levar os filhos para longos passeios, às vezes no parque, às vezes no circo, às vezes no planetário. Mas no quarto do marido, sobre a mesa, ainda estavam penduradas as perninhas nuas roliças sob a saia, e de saltos: ele não se rendia.

Por fim ouviu-se um trovão, e o marido da loira — "nosso marido", como o casal clandestino o chamava — perdeu as estribeiras, enfureceu-se, perseguiu a loira com um machado, ela se trancou no banheiro até a noite, de noite deu um jeito de escapar de casa, ligou para o nosso herói de um telefone público, ele foi correndo encontrar com ela, voltou quase de manhã, e de manhã novamente foi tirado da cama por uma ligação terrível, como sempre são as ligações ao amanhecer: o marido havia sido encontrado enforcado na porta pela mãe. Claro que a pobre viúva recente passou o mês seguinte com uma espécie de família de amigos condoída; nosso herói mesmo assim não tomava a decisão de propor casamento, e ali, naquela família amigável, a anfitriã de alguma forma reuniu forças e expulsou a triste loira, bonitinha demais com sua palidez de luto, o que era insuportável observar pelos cantos, ainda mais porque o dono da casa começou a experimentar sentimentos platônicos de amizade e compaixão pela loira, o que era bem mais perigoso do que uma simples sujeira humana, entra e sai e pronto. Não foi logo, mas tudo se acalmou. A loira ganhou seu próprio apartamento, alguém gostou do apartamento devastado da velha sogra, convenceram-na a trocar aquele lugar terrível por algo perto da sobrinha. A loira ganhou um apartamento mais distante e pior, mas só dela, e então nosso marido, nosso herói, precisava tomar uma decisão definitiva, sim ou não, e começar a reforma — móveis, instalação elétrica, vedação das janelas — no novíssimo apartamento de sua escolhida. Em vez disso ele começou a trabalhar com muito empenho em sua própria casa, colou papel de parede na sala com os filhos, retomou os exercícios físicos, ducha e corrida, passou a mostrar uma dedicação redobrada pelas crianças e a discipliná-las, porque sua descendência tinha crescido um pouco e começava a atrapalhar, era essa a questão. Com a loira ele permaneceu no papel de conselheiro e visitante, ela cuidou de tudo sozinha, aquilo a ocupava, ela se aconselhava, mostrava uns projetos, e já havia alguém que levava para ela, de carro, os azulejos de Mettlach para o banheiro e os móveis da cozinha. A loira estava avaliando bem a situação e não perdia ninguém de vista, pois tinha diante de si a perspectiva da solidão.

A foto estava sobre a mesa como antes, e o marido tinha até um dia fixo para visitar a loira — aliás, ele agora havia sido transferido para outro instituto onde recebia um bom salário, e a relação com o antigo local de trabalho tinha se complicado muito quando a loira precisou ser promovida, e receberia um aumento, mas não recebeu por causa da raiva geral. Ele saiu em sinal de protesto e prometeu levá-la para o seu trabalho com o tempo; a esposa não entendeu nada e ficou radiante de alívio, e na casa houve uma festa, assaram salgadinhos porque finalmente o marido tinha largado Aquela. Mas a foto ainda estava pendurada.

Ele saiu e se instalou bem no novo local de trabalho, as crianças estavam crescendo, esportivas, disciplinadas, adestradas, como acontece quando a família é estável e se assenta no culto ao pai com uma adoração reforçada e na submissão voluntária da mãe abnegada. A palavra do pai era a lei, e eles andavam seguindo uma ordem: o pai na frente, as crianças lado a lado, e atrás a mãe, acabada, chefiando a família à distância. Era uma alegria olhar para eles, mas a fotografia das perninhas ainda assim estava presente.

A mãe da família esperou até que o menino, o mais novo, entrasse na faculdade, e então se rendeu por completo, como a mãe dela havia feito. De pé na cozinha, ela desabou diante de todos um dia, começou a agonizar e assim continuou por três dias no hospital. A família, disciplinada e trabalhadora, se reagrupou, estabeleceu um sistema de turnos e foram contatados velhos amigos e parentes, alunos antigos e ainda devotados, e o marido arrancou sua esposa da beira da cova, da morte e do esquecimento. Quando a levaram para casa, ela já era uma velhinha miúda, só mexia a mão direita um pouco, não se entendia o que falava, e volta e meia seus olhos vertiam lágrimas. Ela parecia se desculpar por sua aparência naquela situação, se desculpava por toda a vida passada, por não poder criar nada para o seu semideus e no fim das contas cair naquela história de paralisia e arrastá-lo. Com o passar do tempo os moradores da casa se acostumaram àquele peso, ainda que às vezes se irritassem e gritassem um pouco uns com os outros: mesmo com todas aquelas comadres, com as limpezas diárias, as escaras e os pensamentos involuntários, por quantos anos iria se estender aquele estado animalesco ou vegetativo — esses pensamentos os atormentavam. O pai pareceu se tranquilizar de repente, a alma dele estava como que estacionada, todos os movimentos dele em volta da esposa eram fluidos, pacientes, a voz era suave. Os filhos ainda gritavam um pouco uns com os outros e com a mãe, eles tinham seus momentos de instabilidade, sentiam-se destituídos de mãe, ou seja, de uma base e suporte, e se tornaram pais inexperientes da própria mãe, ainda fracos, sentiam que algo ali não estava certo, não havia perspectiva; ou melhor, havia, mas era terrível. Os filhos acusavam um ao outro, lavavam a roupa suja, que lástima, na frente da mãe! Mas o zelo deles não afrouxou, e a paciente continuava limpa, fresca, punham um radinho debaixo do ouvido e às vezes liam em voz alta para ela; mas mesmo assim ela sempre chorava e tentava dizer algo só com os sons das vogais, sem a língua.

Na noite em que ela morreu e foi levada, o marido caiu na cama e adormeceu, e de repente ouviu que ela estava ali, deitada com a cabeça junto à dele no travesseiro, e disse: "Eu te amo". Ele dormiu mais, teve um sono feliz e estava tranquilo e orgulhoso no enterro, apesar de ter emagrecido muito, e era honesto e firme, e no memorial, já em casa, diante de todas as pessoas reunidas, disse a todos que ela havia dito a ele "Eu te amo". Todos congelaram porque sabiam que era a pura verdade — e a foto já não estava lá. A foto havia desaparecido da vida dele, havia desabado, perdera o interesse naquele momento, e ele, inesperadamente, ali à mesa, começou a mostrar a todos pequenas fotos de família apagadas, da esposa e dos filhos — todos aqueles passeios dos quais ele não havia participado, todas aquelas distrações, pobres mas felizes, pelos parques e planetários que ela organizava para as crianças, todas as tentativas dela de construir uma vida no pouco que havia restado para ela, naquela ilhazinha onde mantinha os filhos protegidos e onde precisava sempre se interpor no espaço à frente de todos, para encobrir a maldita foto da revista — mas ela havia ido embora, tudo havia acabado bem, e ela de todo jeito tinha conseguido dizer para ele a frase "Eu te amo": sem palavras, já morta, mas tinha conseguido.

A casa da fonte

Uma vez, uma menina foi morta, mas depois foi ressuscitada. A questão é que disseram aos parentes que a menina estava morta, mas não a entregaram (estavam todos viajando juntos num ônibus, mas na hora da explosão ela estava de pé na parte da frente, e os pais, sentados atrás). A menina era jovenzinha, tinha quinze anos, e a explosão a havia jogado longe.

Enquanto chamavam a ambulância, enquanto separaram os feridos e os mortos, o pai segurou a menina nos braços, apesar de estar claro que ela havia morrido, e de o médico ter constatado a morte. Depois foi preciso levar a menina embora, mas o pai e a mãe subiram na mesma ambulância e foram com a filha até o necrotério. Ela estava deitada na maca como se estivesse viva, mas não tinha nem pulso, nem respiração. Disseram aos pais que fossem para casa, mas eles não queriam — ainda não era hora de entregar o corpo, tinham que esperar todos os trâmites da justiça e da medicina legal, isto é, a autópsia e o estabelecimento das causas.

Porém o pai, enlouquecido pela dor, e ainda por cima cristão praticante, decidiu roubar a filha. Ele levou a esposa para casa, ela já estava quase sem consciência, aguentou a conversa com a sogra, acordou a vizinha, que era da área médica, e pediu o avental branco dela; em seguida, depois de pegar todo o dinheiro que havia em casa, foi para o hospital mais próximo, ali alugou uma ambulância vazia (eram duas da madrugada) e, com uma maca e um auxiliar de enfermagem de uniforme branco, se infiltrou no hospital onde mantinham a filha; evitando o segurança, desceu pela escada rumo ao corredor no porão, entrou calmamente no necrotério. Não havia ninguém ali. Logo encontrou sua filha, colocou-a na maca com a ajuda do auxiliar de enfermagem e em seguida, depois de chamar o elevador de carga, subiu com o seu fardo até o terceiro andar, para a unidade de terapia intensiva. Ele havia planejado tudo ali, enquanto esperavam a decisão da noite na sala de espera.

Ali ele deixou o auxiliar de enfermagem ir embora e depois de uma breve conversa com o médico da UTI, depois de entregar um maço de dinheiro para ele, deixou a filha nas mãos do médico na ala de terapia intensiva.

Como ela não tinha um prontuário, o médico pelo visto concluiu que o pai havia chamado a ambulância e trazido a paciente (morta pouco antes) para o hospital mais próximo. O médico da UTI via muito bem que a menina não estava viva, mas ele precisava muito do dinheiro, a mulher acabara de dar à luz uma criança (também menina), e todos os nervos daquele médico estavam no limite. A mãe dele não gostava da esposa, e as duas se revezavam no choro, a criancinha também chorava, e no hospital ele ainda cumpria o turno da noite. Precisava conseguir dinheiro e alugar um apartamento. O que o pai enlouquecido (claramente) daquela princesa morta havia oferecido a ele era o suficiente para viver seis meses num apartamento alugado.

Sem falar uma palavra, o médico se lançou à tarefa como se

diante dele de fato houvesse uma pessoa viva, mas mandou o pai vestir o uniforme do hospital e o deitou na cama ao lado na mesma UTI, já que aquele doente estava absolutamente resolvido a não abandonar a filha. A moça jazia branca como mármore, o rosto de uma incrível beleza, e o pai olhava para ela sentado em sua cama com olhar meio estranho. Uma pupila dele ia para o lado o tempo todo, e quando aquele louco piscava, as pálpebras se descolavam com grande dificuldade. O médico, observando-o, pediu à enfermeira que o submetesse a um eletrocardiograma, e depois aplicou uma injeção naquele novo paciente. O pai apagou rapidamente. A menina ficou deitada como a bela adormecida, ligada aos aparelhos. O médico cuidava dos procedimentos dela, fazendo todo o possível, ainda que agora ninguém o controlasse com aquele olhar fugidio. Para falar a verdade, aquele jovem doutor era um fanático, para ele não existia nada mais importante no mundo do que um caso grave e interessante, do que um paciente, não importa quem, sem nome e individualidade, no limiar da morte.

O pai dormia, e no sono ele se encontrou com a filha. Quer dizer, ele foi visitá-la, como ia à colônia de férias fora da cidade. Ele pegou comida, por algum motivo só um sanduíche com recheio de almôndegas, só isso. Subiu no ônibus (de novo o ônibus) numa maravilhosa noite de verão, em algum canto perto da estação de metrô Sókol, e foi para aquele lugar paradisíaco. Nos campos, entre suaves colinas verdes havia uma enorme casa cinzenta com arcos que iam até o céu, e quando ele transpôs esse portão gigante e entrou no pátio, ali, no gramado de esmeralda, estava uma fonte do tamanho de uma casa, um fluxo de água firme que se desfazia no alto, com um penacho espumante. Havia um longo pôr do sol de verão, e o pai com satisfação passeou rumo à entrada à direita do arco e subiu para um andar alto. A menina o encontrou um pouco contrariada, como se ele a estivesse atrapalhando. Estava de pé, olhando para o lado. Como se ali transcorresse sua vida particular, própria, que já não dissesse respeito a ele. Eram os assuntos dela.

O aposento era enorme, com tetos altos e janelas muito largas, e dava para o sul, na sombra, para a fonte que ficava ao lado, iluminado pelo sol que se punha. A fonte era ainda mais alta que a janela.

— Trouxe um sanduíche de almôndega, como você gosta — disse o pai.

Ele se aproximou da mesinha debaixo da janela, pôs seu pacote sobre ela, pensou e o desenrolou. Lá estava o estranho sanduíche, dois pedacinhos de pão preto barato. Para mostrar à filha que havia almôndegas dentro, ele abriu as fatias. Ali dentro havia (ele logo entendeu) um coração humano cru. O pai ficou inquieto porque o coração não estava cozido e não dava para comer o sanduíche. Enrolou-o de volta no pão e disse, sem jeito:

— Eu me confundi com o sanduíche, vou trazer outro pra você.

Mas a filha se aproximou mais e olhou para o sanduíche com uma expressão estranha no rosto. O pai tentou esconder o pacote no bolso e apertou com a palma da mão, para que a menina não pegasse.

Ela estava de pé ao lado dele, de cabeça baixa, com a mão estendida:

— Me dê, papai, estou com fome, estou com muita fome.

— Você não vai comer essa porcaria.

— Não, me dê — disse ela com dificuldade.

Ela estendia o braço flexível, muito flexível, para o bolso dele, mas o pai entendia que, se a filha pegasse aquele sanduíche e comesse, ela morreria.

E então, virando-se, ele puxou o pacote, abriu-o e começou a comer rapidamente o coração cru. Na mesma hora sua boca se encheu de sangue. Ele comeu aquele pão preto com sangue.

"Agora eu também vou morrer", pensou ele, "que bom que vou antes dela."

— Me escute, abra os olhos! — alguém disse.

Com dificuldade ele descolou as pálpebras e viu, como uma névoa, numa moldura que se desfazia, o rosto do jovem médico.

— Estou ouvindo — respondeu o pai.
— Qual é o seu tipo sanguíneo?
— O mesmo da minha filha.
— Tem certeza?
— Sim, é isso mesmo.

Ali mesmo o levaram para algum lugar, amarraram um torniquete no braço esquerdo, puseram uma seringa na veia.

— Como ela está? — perguntou o pai.
— Como assim? — perguntou o médico, concentrado em sua tarefa.
— Viva?
— O que você acha? — resmungou o médico.
— Está viva?
— Deite-se, deite-se — exclamou o bom doutor. O pai se deitou, escutando alguém agonizar e chorar ao lado.

Em seguida já estavam atarefados cuidando dele, e ele de novo foi embora para algum lugar, de novo estava verde ao redor, mas então foi despertado por um barulho: a filha, deitada na cama ao lado, agonizava alto, como se lhe faltasse ar. O pai olhou para ela de lado. O rosto dela estava branco, a boca se entreabriu. Do braço do pai para o braço da filha corria sangue vivo. O pai se sentia leve, apressava a passagem do sangue, queria que todo ele corresse para a filha. Queria morrer para que ela ficasse viva.

Depois ele se viu ainda no mesmo apartamento, no enorme prédio cinza. A filha não estava. Ele foi procurá-la com calma, examinou todos os cantos daquele apartamento luxuoso com muitas janelas, mas não achou ninguém. Então ele sentou no sofá, depois deitou. Estava tranquilo, sereno, como se a filha já estivesse instalada em algum lugar, vivesse de forma alegre, e ele pudesse descansar. Ele (no sonho) começou a adormecer, e então a filha apareceu. Entrou no quarto como um turbilhão, logo parou ao lado dele como uma coluna de vento rodopiante, uivou, sacudiu tudo em volta, cravou as unhas na dobra do braço direito do pai, de tal forma que penetraram na pele. A pontada foi forte, e ele começou a gritar de terror e abriu os olhos. O médico acabara de introduzir uma agulha na veia do seu braço direito.

A menina estava deitada ao lado, respirando com dificuldade, mas já não agonizava tanto. O pai se soergueu, apoiando-se no cotovelo, viu que seu braço esquerdo já estava livre do torniquete e com curativo, e se dirigiu para o médico:

— Doutor, preciso fazer uma ligação urgente.

— Não me fale em ligação — retrucou o médico –, por enquanto não tem nada que ligar. Deite, senão você também vai... deslizar...

Mas antes de sair ele deu seu celular, e o pai ligou para a mulher, mas não havia ninguém em casa. A mulher e a sogra pelo visto haviam ido sozinhas, de manhã cedo, para o necrotério, e agora estavam enlouquecidas, sem entender onde estava o corpo da filha.

A menina já estava melhor, mas ainda não tinha recuperado a consciência. O pai tentava ficar perto dela na UTI, fingindo que estava morrendo. O médico da noite já havia ido embora, e o infeliz pai já não tinha dinheiro, porém o haviam submetido a um eletrocardiograma, e por enquanto o deixavam ali, parece que o médico da noite havia combinado algo assim, ou o resultado do exame fora ruim.

O pai refletia sobre o que fazer — descer ele não podia, telefonar não permitiam, todos eram desconhecidos e estavam ocupados. Ele pensava no que deviam estar sentindo suas duas mulheres, suas "meninas", como ele as chamava: a esposa e a sogra. O coração doía muito. Puseram uma sonda nele, como a da filha.

Depois ele adormeceu, e quando acordou a filha não estava ao seu lado.

— Enfermeira, onde está a menina que estava deitada aqui?
— Para que você quer saber?
— Sou pai dela, por isso. Onde ela está?
— Ela foi levada para a sala de operação. Não se preocupe e não se levante. O senhor não pode.
— O que ela tem?
— Não sei.
— Querida enfermeira, chame o médico!
— Estão todos ocupados.

Ao lado um velho gemia. Do outro lado da parede alguém, talvez o jovem médico, pelo visto executava algum procedimento com uma velha e conversava como se ela fosse uma simplória da roça, alto e em tom de brincadeira.

— E aí... Vovó, quer sopa? — Pausa. — Que sopa você quer?

— Hum — mugia de alguma forma não humana a velha, com uma voz metálica.

— Quer sopa de cogumelos? — Pausa. — Quer com cogumelos? Comeu a sopa com cogumelos?

De repente a velha respondeu com seu grave metálico:
— Cogumelos... com macarrão.
— Ah, muito bem — gritou o médico.

O pai estava deitado e se preocupava, em algum lugar sua filha era operada, em algum lugar estava a esposa meio enlouquecida de dor, ao lado a sogra se contorcia... Um jovem médico o olhou, de novo aplicaram uma injeção e ele caiu no sono.

À noite ele se levantou em silêncio e como estava, descalço, só de camisola do hospital, saiu. Chegou até a escada sem ser percebido e desceu pelos degraus frios, como um fantasma. Foi até o corredor do porão, andou seguindo uma seta na qual estava escrito: ALA DE ANATOMIA PATOLÓGICA.

Ali ele chamou uma pessoa de avental branco:
— Paciente, o que está fazendo aqui?
— Sou do necrotério — respondeu o pai de repente —, eu me perdi.
— Como assim do necrotério?
— Saí mas deixei meus documentos lá. Quero voltar, mas não sei onde é.
— Não estou entendendo nada — disse o de avental branco, pegou-o pelo braço e o levou pelo corredor. Depois, apesar de tudo, perguntou:
— O que houve, você se levantou?
— Eu voltei à vida, não havia ninguém, saí, depois decidi voltar mesmo assim para que percebessem.
— Um milagre — respondeu seu acompanhante.

Eles chegaram à ala, mas ali o enfermeiro os recebeu com palavrões. O pai escutou todas as suas objeções e perguntou:
— Minha filha também está aqui, ela devia dar entrada depois da operação.

Ele disse o sobrenome.

— Não está, ela não está! Estão fazendo todos quebrarem a cabeça! Vieram procurar de manhã! Ela não está aqui! Puseram aqui todos os que têm câncer! E esse ainda é da psiquiatria! Fugiu do manicômio ou o quê? De onde ele veio?

— Estava vagando pelos corredores — respondeu o de avental branco.

— Então chame a segurança — o enfermeiro voltou a dizer palavrões.

— Quero ligar para casa — pediu o pai. — Eu me lembrei, eu estava na UTI no terceiro andar. Perdi a memória depois da explosão do ônibus na Varchavka, vim parar aqui.

Então os aventais brancos se calaram. A explosão na Varchavka havia acontecido dias antes. Levaram-no, tremendo, descalço, para uma mesa onde havia um telefone.

A esposa atendeu o telefone e ali mesmo começou a soluçar:

— Você! Você! Onde você foi parar? Levaram o corpo dela, não sabemos para onde! E você andando por aí! E nem um copeque em casa! Nem para o táxi encontramos! Você pegou, não é?

— Eu... eu estava sem consciência, vim parar no hospital, na UTI...

— Onde, em qual?

— No mesmo em que ela estava...

— E onde ela está? Onde? — uivou a esposa.

— Não sei, eu não sei. Estou sem roupa nenhuma, traga tudo para mim. Estou aqui no necrotério descalço. Qual o endereço do hospital?

— O que te levou para aí? Não estou entendendo nada — continuou soluçando a mulher.

Ele deu o telefone para o avental branco. Este tranquilamente, como se não tivesse acontecido nada, informou o endereço e desligou o telefone. O enfermeiro trouxe um avental e

101

uns chinelos gastos, tortos para ele. Pelo visto teve pena daquela pessoa viva, e o encaminhou para o posto do segurança.

A esposa e a sogra chegaram com o rosto inchado, parecendo velhas, vestiram-no, calçaram-no, abraçaram-no, finalmente o escutaram, chorando felizes, e todos juntos começaram a esperar no sofazinho, porque lhes disseram que haviam operado a filha deles, ela estava na UTI e a situação não era tão grave.

Duas semanas depois ela já começava a andar, o pai a levava para passear pelos corredores e repetia o tempo todo que ela estava viva depois da explosão, estava simplesmente em choque, em choque. Ninguém notou, mas para ele ficou claro na hora.

É verdade, ele ficava calado a respeito daquele coração humano cru que teve que comer para que ela não comesse. Mas isso havia sido no sonho, e no sonho não conta.

A sombra da vida

Agora é uma mulher adulta, alta, casada, mas não passava de uma orfãzinha que morava com a vovó. A avó a trouxera para casa quando a mãe desaparecera, essas coisas acontecem: a pessoa desaparece. O pai havia desaparecido antes, quando a menina tinha cinco anos. Não a levaram para o enterro, então ela pensava: ele sumiu, e tinha muito medo de que acontecesse o mesmo com a mãe. Se a mãe tentasse sair à noite, ela se agarrava a ela; não chorava, não tinha direito de chorar, a mãe não a mimava. Era tranquila, bem-comportada, e chegou o dia em que a mãe de fato desapareceu, aos nove anos a menina passou a noite sozinha, coberta com o roupão da mãe, de manhã se lavou e com o mesmo vestido foi para a escola. Os vizinhos notaram algum problema dois dias depois, a menina parou de ir para a escola, do quarto se escutavam sons estranhos, como se alguém estivesse rindo, e na cozinha não se cozinhava nada, não saía ninguém dali, inclusive a mãe da pequena Jênia. A vizinha conseguiu que a menina confessasse que ela estava sem comer fazia dois dias e que a mãe não se encontrava. Todos saíram correndo, passaram um telegrama para a avó, e a avó, em pleno inverno, levou a neta da cidadezinha no rio Oká para a cidadezinha à beira-mar em que vivia. A estrada era conhecida. Jênia ia para a casa da avó todas as férias, mas naquele momento não havia férias previstas, e foi uma longa espera. Da mãe não acharam nada, nenhum vestígio. A mãe, dizia a avó, havia lutado toda a vida pela verdade e nunca roubava, mas ao redor dela todos roubavam, ela trabalhava num jardim de infância. A mãe, considerava a avó, havia ido para algum lugar em Moscou para descobrir a verdade (antes do desaparecimento ela fora demitida), talvez ela tivesse sido internada num manicômio; acontece, ponderava a avó.

Jênia era uma menina tranquila, bonitinha, até entrou para a faculdade de pedagogia em outra cidade, estudava muito e ganhou fama no alojamento estudantil porque, cada vez que a avó enviava um pacote com verduras, toucinho e frutas secas, ela colocava tudo sobre a mesa e dividia com todos, e depois vinham uns diazinhos de fome, mas era para todos. Jênia fora criada pela mãe e a avó sem queixas, como agora vivia em seu alojamento.

Logo apareceu um namorado para ela, pedreiro e até capataz na obra, que na primavera a levava de trem para a floresta, lia para ela os versos que escrevia, mas infelizmente era casado, como depois se descobriu.

A mulher dele soube a respeito de Jênia, encontrou-a no alojamento, foi com ela até a rua e contou que Sacha era casado, tinha dois filhos e que no momento não estavam morando juntos porque ele contraíra uma doença venérea, tinha a obrigação de fazer um tratamento, ela mesma também estava fazendo o tratamento por causa dele. Onde ele tinha pegado a doença, aí estava a questão, disse a esposa, e olhou com ódio para Jênia.

Elas estavam sentadas no jardim público. "E quanto a você", acrescentou a mulher de Sacha, "devia morrer como um cão doente, já que espalha doença por aí."

A estudante pobre não tinha com quem se aconselhar, tinha medo de ir para a clínica (descobririam na hora!), mas, felizmente, ao andar pelo mercado, viu uma placa: DOENÇAS VENÉREAS. Uma médica velhinha a atendeu, era preciso ter dinheiro, a médica não aceitava escutá-la sem pagar. Jênia tirou da orelha os brincos da mãe, a única lembrança que tinha, a médica aceitou os brincos, examinou a moça e disse que era preciso esperar os exames. Os exames vieram com bom resultado. Por sorte, Jênia não se contaminara, ou a esposa de Sacha havia mentido. Mas Sacha não apareceu mais no horizonte, e Jênia entendeu que para as pessoas nem tudo é tão simples, e que existe um lado da vida secreto, animal, que floresce teimosamente, e é nele que se concentram as coisas detestáveis e hediondas; e será que não haviam matado sua mãe?, pensava a Jênia adulta (dezoito anos) — pois mamãe ainda era jovem e podia ter ido parar nessa sombra da vida onde tanta gente morre.

Ainda naquele mesmo verão havia acontecido um incidente infeliz com Jênia, justamente na casa da avó. Naquele verão, perto da cidade, num depósito de lixo haviam sido encontrados os cadáveres de duas mulheres, com os braços virados como roupa torcida, e sem cabeça. A cidadezinha zumbia. Pelo visto haviam matado duas veranistas ou turistas, porque os habitantes estavam todos em seus lugares.

Uma noite, não muito tarde, Jênia estava voltando da casa de uma amiga e já meio perto de casa foi agarrada dos dois lados. Eram adolescentes de uns dezesseis, dezessete anos, três, bronzeados, ou seja, do campo, do sul, ela não os conhecia, eles não a conheciam, eles tinham crescido nos seus três anos de ausência. Eles taparam sua boca com uma mordaça e a levaram torcendo os braços atrás das costas, exatamente o mesmo roteiro. Jênia andava vergada, aos empurrões e solavancos, haviam posto uma faca sob o ombro dela. Falavam na língua deles, Jênia entendia um pouco; eram chamados de gregos na cidadezinha, mas não eram gregos. Jênia entendeu que estavam discutindo no caminho quem seria o primeiro, porque um brigava com o outro que ele estaria com a doença ruim. Eles gritavam na escuridão da noite, xingavam em russo, arrastando Jênia toda curvada, quando de repente tudo se iluminou ao redor. Parecia que haviam acendido um holofote. Os três pararam, por um instante soltaram Jênia, e ela, ao ver uma obra iluminada e um velho e uma mulher entre um amontoado de pedras, saiu em disparada com todas as forças rumo a eles, arrancou a mordaça da boca e começou a gritar: "Me matem! Me matem!". Ela parou perto do velho, estendia para ele os braços inchados e gritava: "Me matem, mas não me entreguem para eles!".

Os três começaram a gritar agitados que era uma vadia e estava devendo para eles, eles tinham pagado! Eles gritavam em russo. O velho mandou os rapazes embora com um gesto de mão, disse em outra língua "saiam", e os três deram a volta como soldados e sumiram na escuridão da noite depois de ouvir o que ele dissera.

O velho disse a Jênia que a levaria para casa, a mulher ficou na construção; Jênia só viu o rosto dela de passagem e pensou em como era parecida com a mãe. Jênia estava com medo de sair, mas o velho foi andando e era preciso ir. O velho a levou para uma casa. Jênia não reconhecia nada na escuridão da noite, e, ao entrar numa espécie de quarto de despejo, ela escutou que o velho trancou a porta atrás dela e se afastou. Jênia sentou no chão, depois tateou a parede irregular, áspera, se apoiou nela e adormeceu.

* * *

De manhã ela despertou em algum lugar, estava sentada num tronco áspero de álamo, ao redor havia um terreno baldio ermo, com plantas crescidas.

Jênia saiu correndo, sem reconhecer nada ao redor, por fim encontrou a estrada para casa e dormiu no galpãozinho do pátio. Era de manhã cedo. Para a avó ela disse que havia passado a noite na casa da amiga porque estava com medo de ir para casa. Jênia também disse que tentaria ir embora naquele dia mesmo.

A avó deve ter entendido tudo, os braços de Jênia estavam enormes e cheios de manchas azuis, o rosto inchado e o canto da boca um pouco rasgado.

A avó disse que naquela noite ela não havia dormido, remexeu nas coisas velhas e achou no bauzinho um par de brincos da filha e um ícone, e queria dar ambos para Jênia.

Jênia pôs os brincos da mãe, exatamente iguais aos que ela tinha usado para pagar a consulta, pegou o emblema, juntou suas pobres coisinhas e foi para a estação. Ela decidiu passar na frente daquela construção de propósito para ver o velho e a mulher que parecia a mãe, mas não havia nada lá: nem construção, nem aquele terreno baldio. O dia claro resplandecia, ao redor se estendiam casas e jardins.

Ao levá-la para a estação, a avó não perguntou por que Jênia não estava indo para a estação e sim para o outro lado, para o depósito de lixo. De repente Jênia disse que em algum lugar, ela imaginava, devia estar o túmulo da mãe, era preciso procurar perto de um álamo num terreno baldio.

A avó retrucou que a filha havia desaparecido numa cidade completamente diferente, mas Jênia não escutou, ficou procurando um álamo, e no primeiro que apareceu ela se sentou no chão, apoiou-se nele e começou a soluçar.

Elas passaram algum tempo sentadas assim, chorando, depois Jênia, usando um vestido de inverno com mangas compridas, foi embora da cidadezinha para sempre e desde então deixou de esperar a mãe, e não a encontrou em manicômios e prisões. Os brincos, no entanto, ela não tirou, nunca tira.

Dois reinos

No começo eles voavam num paraíso absolutamente celestial, como deve ser, em meio a uma paisagem ofuscante e azul, sobre densas e volumosas nuvens. A aeromoça já não era conterrânea deles, era outra, vestia um maravilhoso uniforme branco de linho sem botões e oferecia principalmente bebidas de sabores estrangeiros.

Os passageiros estavam todos semiadormecidos, esgotados, e quando Lina percorreu todo o avião até a cauda, ficou surpresa com a cor amarela idêntica do rosto dos passageiros, os cabelos pretos com cortes idênticos. Ela até se assustou, era como se um regimento de soldados estivesse sendo transferido para um novo acampamento. Aqueles soldados dormiam de forma idêntica, as bocas escuras e ressecadas entreabertas e meio de lado, exaustas. Ou quem sabe era a embaixada inteira de um país distante do sul.

Depois caiu a noite. Lina nunca havia voado por tanto tempo e para tão longe, ela passou parte da noite no banheiro, olhando pela janela convexa. Ali se viam as estrelas acima, ao lado e embaixo, ao longe, onde realmente era possível confundir essas estrelas com as luzes dos povoados, de um brilho nebuloso. Correndo solitária na bruma noturna, entre a abundância de estrelas, aquela alma humana se encontrava em êxtase no centro do universo, entre astros grandes e aveludados que se moviam na mais completa e profunda escuridão. Sozinha no meio das estrelas!

Lina até começou a chorar. Com dificuldade agora se lembrava dos minutos de despedida da família, da sua terra, tudo isso se confundia dentro dela num só novelo cansativo, e ela não conseguia de jeito nenhum desemaranhar o que estava no começo e o que vinha depois. A aparição mágica de Vássia com as passagens e a licença para casar, umas formalidades complicadas, as lágrimas da mãe enquanto as enfermeiras vestiam Lina com o vestido branco e a desciam de cadeira de rodas, no elevador; lá, Vássia pegou Lina pelos braços e colocou-a no carro... Lina ou perdeu a consciência ou adormeceu embalada pelo carro — em todo caso, ela lembrava tudo o que havia acontecido como um sonho: a música boba, as pessoas surpresas, horrorizadas dos dois lados, os espelhos nos quais se refletiam Vássia de barba e ela, cinza, esgotada, toda vestida de renda branca e com olhos fundos. Vássia estava levando Lina de avião para se tratar.

Mesmo assim, antes da partida pelo visto haviam feito uma operação que já estava planejada, e Lina já não se lembrava de tudo o que aconteceu depois da operação. Um gemido da mãe, como se abafado por um travesseiro, o choro do filho assustado com a música, as flores e a cara de Lina, evidentemente; ele chorava como sempre choram as crianças assustadas quando batem em sua mãe ou quando as separam delas para levá-las embora: chorava alto, gritando como um endiabrado. Ele era pequeno demais, foi preciso deixá-lo com a avó, já que Lina tinha pela frente mais uma operação em outra cidade, em outro país e com um novo marido, esse Vássia de barba que tinha aparecido não se sabe de onde.

Esse Vássia era uma lenda. Ele aparecia uma vez por ano, surgia do meio da multidão, beijava a mão dela segurando-a com sua grande mão fria, prometia a Lina montanhas douradas e um futuro para o filho dela — mas não agora, em breve. Depois. Agora, justamente no momento do encontro, ainda era impossível. Mas depois ele prometeu levar Lina e o filhinho, e também a mãe, para um paraíso na terra em algum lugar distante à margem de um mar morno, entre colunas de mármore, quase com elfos voando; em suma, esperava por ela um futuro de Polegarzinha, como nos contos de fadas.

Depois, quando Lina ficou seriamente doente aos trinta e sete anos, esse Vássia começou a aparecer com mais frequência, consolando-a. Visitou-a depois da primeira operação — foi tão comovente, ele veio direto para a UTI, quando Lina já estava entregando a alma para Deus, com o soro, enxergando o braço esgotado e transparente... Ele passou com sua roupa branca como se usasse um avental de médico (ele adorava se vestir todo de branco), a única diferença era que estava descalço, mas ninguém notou. Ele queria levar Lina de lá imediatamente ao ver a aparência dela e os pontos que tinham dado. Porém, uma enfermeira veio correndo, esbaforida, mandou Vássia embora, aplicou mais uma injeção, chamou o médico e Vássia sumiu por muito tempo.

Da vez seguinte, ele veio diretamente para o hospital, explicou tudo, disse que a mãe dela estava de acordo e ela e a criança seriam levadas depois, ele deixaria todo o necessário para elas. Mas era preciso levar Lina naquele exato instante, porque não havia tempo a perder. No país onde agora morava aquele Vássia, tratavam da doença de Lina, haviam encontrado uma vacina e assim por diante. Para Lina, enfim, não fazia diferença, já que pela segunda vez ela já não estava se opondo nem à doença, nem à morte. Levaram-na sob o efeito de fortes narcóticos, e ela flutuava como se estivesse numa névoa.

Mesmo pensar no menino, em Seriojenka, não a torturava tanto.

"E se eu morresse neste hospital", Lina falava consigo, "seria melhor? Mas assim eu vou viver, e depois trago os dois para ficar comigo."

Vássia, então, cumpriu todas as formalidades, ainda que os médicos insistissem em uma operação dizendo que sem ela a paciente não duraria mais um dia. Vássia esperou a operação, cumpriu as formalidades e apareceu para levar Lina mais uma vez, direto da UTI. Levaram-na cuidadosamente, trocaram a roupa dela, por causa disso ela parou de ver e escutar, depois voltou a si já voando diante de um céu azul e infinito, deserto, de um campo felpudo de nuvens abaixo do avião. Lina se surpreendeu muito ao ver que estava sentada ao lado de Vássia, e ainda por cima bebendo algum vinho leve, espumante, de uma taça. Depois ela até se levantou — Vássia estava dormindo, esgotado pelos afazeres — e andou com um passo surpreendentemente leve pelo avião. Nada lhe doía — pelo visto já haviam lhe aplicado algum analgésico.

O avião voava muito baixo sobre uma cidade maravilhosa que se estendia abaixo como uma grande maquete, com um rio resplandecente, pontes e uma enorme catedral de brinquedo. Parecia muito com Paris!

E então começou o estrondo da aterrissagem, e o avião, com seu nariz obtuso, largo como uma janela de hotel, literalmente parou, fazendo ruído como uma carroça e tremendo, num jardim silencioso. A janela tinha uma porta e dava num terraço, ao longe brilhava a curva do rio com pontes e algum arco do triunfo.

— A Place Pigalle — por algum motivo Lina disse, e mostrou para Vássia. — Veja!

Vássia foi abrir a porta para o terraço, e teve início uma vida de conto de fadas.

* * *

Lina, no entanto, não podia se afastar do rio, mesmo que o tratamento tivesse começado e corresse bem. Vássia saía e não aparecia o dia inteiro. Ele não proibia Lina de nada, mas era claro que o rio e a catedral e aquela cidade maravilhosa ainda estavam muito distantes dela. Por enquanto ela começou a sair devagarzinho de casa, a vagar por uma só ruazinha, já que não tinha muita força.

Ali, ela notou, todos se vestiam como Vássia, como os melhores hippies que ela via nos filmes estrangeiros. Cabelos longos, lindos braços finos, roupas brancas, até coroas de flores. É verdade que nas lojas havia de tudo com o que era possível sonhar, mas, em primeiro lugar, Vássia não deixava dinheiro para Lina — pelo visto o tratamento consumia tudo, provavelmente era muito caro.

Em segundo lugar, não era possível mandar encomendas, e por algum motivo nem mesmo cartas. Aqui não era costume escrever! Não havia nem um pedacinho de papel em lugar nenhum, canetas em lugar nenhum. Não havia conexão — é possível que Lina estivesse numa espécie de quarentena, algo transitório.

Lá, depois do rio, ela via a verdadeira vida fervilhante da cidade estrangeira. Ali também havia de tudo: restaurantes, lojas. Mas não havia conexão. Lina por enquanto se movimentava apoiando-se com as duas mãos na parede, como uma recém-nascida, como um bebê que mal começou a andar. Quando Lina reclamou para Vássia que queria ir a uma loja, ele trouxe para ela um monte de roupas — de todo tipo, inclusive usadas, masculinas, femininas, infantis, e ainda por cima de diferentes tamanhos. Trouxe também uma mala de sapatos, recolhidos entre todos os seus conhecidos, como os amigos estrangeiros costumam trazer para os russos. Entre as roupas havia ceroulas masculinas cinza, Lina ficou um pouco sem graça por causa delas. Só Deus sabe que coisas eram aquelas e de quem eram! E onde ela iria guardar, Lina não sabia, porque ela mesma logo começou a vestir tudo de Vássia — algo como uma camisa branca e por cima um vestido branco de tecido fino. O tamanho das roupas dela e de Vássia eram iguais, a constituição de Vássia, uma pessoa saudável, era a mesma da exaurida Lina. Lina chorou um pouco com aquela roupa, à noite contou para Vássia que queria muito enviar uma encomenda para Serioja e a mãe, e mostrou dois montinhos. Vássia fechou a cara e ficou calado. De manhã todas as roupas haviam sumido.

 Vássia, foi ficando claro, trabalhava ali mesmo, depois do rio, naquele povoado de acesso restrito, e não sentia a menor necessidade de atravessar a ponte e ir às catedrais e aos arcos; Lina teve que se adaptar à sua existência sossegada e comedida. É verdade, ela sabia que tudo poderia acontecer — o exemplo era sua própria vida anterior —, inclusive que o jovem Vássia, mais novo que ela, podia se apaixonar por alguém e ir embora. Ele não amava Lina, aquele Vássia barbudo, apesar de poupá-la de todo o trabalho. A comida aparecia sozinha, a roupa brilhava. Quando ele tinha tempo para fazer isso?

 O quarto deles, que no delírio de Lina conservava traços do avião, tinha porta e janela voltadas para um terraço com colunas brancas, mas ali não se tinha nenhuma alegria. Lina suportava corajosamente sua separação de Serioja, da mãe, das amigas e do amigo Liev do instituto, ela entendia agora que a doença dela era incurável e só podia se esforçar para se manter no estado atual — sem dor, mas também sem forças; como ia ficar ali o barulhento Seriojenka com suas lágrimas tempestuosas e olhinhos vermelhos de choro! Em especial, como ficaria ali a mãe, venenosamente afável e também chorosa! Ali não havia mágoa nem choro, ali era outro país.

Aborrecida, sempre que podia Lina observava aquelas pessoas que pairavam de branco e suas danças de roda sobre o rio com uma música monótona da harpa (que atividade mais boba, aliás!) e suas sessões silenciosas em longas mesas conjuntas no restaurante, com taças do maravilhoso vinho local.

Lina gostaria muito de contar às amigas e à mãe o que ela pensava disso tudo, pelo menos escrever para elas que estava tudo bem, o tratamento corria normalmente, havia de tudo nas lojas, mas não se compravam coisas novas — primeiro, porque o preço era absurdo, e segundo, porque ali não se usavam aquelas coisas, e ela não estava acostumada com a comida, ainda que por enquanto não pudesse comer muito. E coisas assim. Que queria mandar uma encomendazinha para Serioja e para todos, mas por enquanto não havia oportunidade, não havia ligações postais entre os países deles. Lina se arrastava pelas ruas, apoiando-se em tudo o que lhe caía nas mãos, e em pensamento escrevia cartas para casa.

Com o passar do tempo, porém, Lina começou a entender que a questão das cartas era impossível de ser resolvida. Vássia prometia com firmeza que mamãe e Seriojenka viriam, especialmente a mãe. Mas mamãe sem Seriojenka? Ou ele sem a avó? "Com o tempo", dizia o barbudo Vássia, "com o tempo."

Lina queria começar a comprar algo para a chegada da mãe, mas Vássia a fez entender que quando chegasse a hora tudo se resolveria.

Ali ninguém ficava agitado com o dia de amanhã, ali pelo visto estavam todos muito ocupados, mas em compensação a vida tinha uma organização ideal, estéril, confortável. Vássia trabalhava numa livraria dele, que herdara de uma tia, mas não levava livros para Lina, já que ela não entendia a língua estrangeira, e eles não tinham nada em russo. O próprio Vássia não sabia ler em russo.

Por fim, Lina aprendeu a andar flutuando como os nativos. No fim era muito simples. Era preciso subir para algum degrau mais alto e dar um passo muito largo no ar. O passo seguinte, o outro pé já executava pelo impulso, e cada pulo adiante era ainda mais livre e leve, como num sonho. O Vássia barbudo não disse nada, mas no momento certo desapareceu para sempre, pelo visto foi para além do rio, para a cidade rica, como calculou a solitária Lina, e a deixou completamente abastecida, como se verificou. No começo ela pensava, sem lágrimas e sem medo, que naquele momento a expulsariam do objeto voador deles e que a comida não ficaria para sempre na geladeira! Mas a geladeira se enchia regularmente, como se tivesse um elevador de cozinha, e Lina não comia nada, só bebia suco, e era saudável.

Chegou afinal o dia em que ela, pensativa e com saudades, deixou para trás os degraus de casa e correu a passos largos para a dança de roda na margem do rio; afastando as mãos de outras pessoas, incorporou-se à fileira geral e voou pelo círculo. Ela entendia, ela sabia, que havia algo de errado ali, e já não queria ver ali nem a mãe, nem o filhinho. Ela não queria nem encontrar ali aquele regimento de soldados e tinha esperança de não encontrar ninguém nunca mais, e se encontrasse, que não reconhecesse quem era, não distinguisse entre os rostos jovens, pálidos, tranquilos que voavam, como ela, livremente — e esperava não encontrar ali mais ninguém, naquele reino dos mortos, e nunca saber como sentiam saudades dela lá, no reino dos vivos.

Tem alguém na casa

É claro que tem alguém na casa. É entrar no quarto e algo cai na sala de estar. Ela olha à procura da gata — está sentada na mesinha da antessala, refletindo no espelho, orelhinhas de pé, com certeza também escutou algo. Entra na sala — ali, uma folha de papel caiu sozinha do piano, uma folhinha com o telefone não sei de quem voou em silêncio e repousa, como uma distinta mancha branca, em cima do tapete. Alguém anda descuidado, pensa a dona do apartamento. Alguém já não está mais se escondendo.

As pessoas sempre têm medo da presença de criaturas desconhecidas, têm medo de insetos, de pequenas formigas no banheiro, têm medo, vamos supor, de uma solitária barata intoxicada, que parece saída de um campo de batalha, que vem correndo da casa dos vizinhos escapando de uma dedetização, ou seja, fica parada num lugar visível. Uma pessoa pode ter medo de tudo quando fica morando sozinha com uma gata, tudo desapareceu, toda a família anterior, ela foi deixada, como uma barata humana, num lugar visível.

Especialmente sábado e domingo, parece que as coisas caem e alguém vai de quarto em quarto, silencioso e dissimulado, essa é a impressão que dá.

A mulher não fala com ninguém sobre seu Poltergeist, e ainda por cima Ele se esconde e não bate, não faz baderna, não provoca incêndios, a geladeira não está pulando pelo apartamento, não a deixa acuada num canto, quer dizer, não há do que se queixar.

Porém algo se instalou ali, algum vazio vivo, pequeno em tamanho, que se remexe, se esgueira pelo chão, essa é a impressão. Não é por acaso que a gata fica de orelha em pé.

— O que foi, o que foi? — diz a mulher para a gata, a gata é quieta e estranha, como todos os gatos. Não fica no colo, não gosta quando a põem sobre os joelhos, e de repente ela salta e se deita numa hora inconveniente. — Mas do que você está com medo, Lialietchka? Fique calma.

A gata se esquiva da mão e sai do quarto.

A dona da casa está assistindo televisão com os olhos fixos e, imersa numa radiação azulada, flutua para mundos doces, se assusta, se interessa, fica entediada, ou seja, *vive* uma vida completa. A posição da dona da casa é ali, no sofá. Ploft! De novo algo desabou no quarto.

Dessa vez houve um estrondo horrível. Realmente quebrou, o que quer que seja. O som ainda ecoa pelo apartamento.

A mulher entra correndo no quarto e fica lá parada, abismada. A prateleira de discos se quebrou. E ainda por cima os discos se espalharam por todo lado, empoeirados, jogados como leques no sofá-cama desarrumado e no chão. Se alguém estivesse dormindo ali (adivinha quem?), teria levado a ponta afiada de uma prateleira bem na testa. Mas não aconteceu. Agora, na parede há duas feridas escuras rasgadas, soltaram-se os pregos que em outra época foram cravados pelo Fulano do qual não vamos nos lembrar. Quer dizer, não são pregos, eles têm algum outro nome. Tinha sido uma proeza. Uma grande história, quase de amor. Fora preciso usar uma broca. Mas no final das contas esses não pregos foram cravados, e no final das contas tudo desabou. A prateleira está em cima do piano, por isso aquele barulho selvagem, com eco, como nas montanhas. O piano também tem uma história. A menininha havia aprendido a tocar nele. A mãe insistia. Obrigava a menina, fazia com que sentasse ali. Não deu em nada. A teimosia venceu. A teimosia com a qual uma pessoa se defende da vontade alheia. Protege sua vida. Mesmo que essa vida acabe sendo pior do que a que alguém planejou, mais pobre, mas é sua, não importa qual, mesmo sem música, sem talentos. Sem audições familiares para parentes. No entanto, também, sem o sofrimento desnecessário porque alguém é melhor. Mamãe sofria muito que outras crianças fossem mais talentosas que a filha dela. Essa filha muitas vezes escutava isso e se vingava da mãe tornando-se totalmente imprestável do ponto de vista das duas.

Depois tudo se dissolveu, essas relações entre pais e filhos; restaram o piano e os discos velhos. A mãe comprava música clássica. Pelo telefone, a mãe discutia a vida de sua filha, escancarando para uma amiga (abanando a mão, como se fosse algo irrelevante) segredos dos outros. Agora não havia nem mãe, nem filha, nem prateleira. A mulher estava de pé na soleira, assombrada pelo cenário de destruição, nem mãe nem filha. Naquela cama já não daria para dormir, estava tudo destruído, impregnado de pó, de sujeira. Precisava trocar os lençóis. Precisava limpar, lavar, organizar tudo (mas onde?). Não havia quarto.

A mulher recua para a sala, fechando a porta do quarto como se fosse a última vez.

* * *

Queria ao menos pegar a cauda abominável, quase invisível, daquela Criatura que havia armado tudo aquilo. Para quê? Para morrer de terror e de nojo. Pois não poderia matá-lo, esmagá-lo com o salto. Ou seja, não deveria pegá-lo. Aquele que destrói tudo quer algo, e está conseguindo. Como aquela mãe tentava conseguir algo da filha. Se entendesse o que Ele queria conseguir, era possível (como havia acontecido antes) prever o interesse dele, privá-lo de sua vantagem. Existe essa técnica de ir ao encontro do inimigo. Como quando provocam um incêndio na floresta que vai ao encontro de um incêndio em curso, se eles se encontrarem, ambos se apagam, por falta de oxigênio!

Assim, por exemplo, a mãe guardava com todo o cuidado um aparelho de jantar alemão, quem sabe para tempos difíceis, ou como poupança no caso de um enterro (dela), e quando a filha, num ataque de raiva, jogou uma xicrinha no chão (*zás!*), a mãe começou a atirar, com a maior frieza, todo o aparelho de jantar no chão, peça por peça, com força (*drooga!*), e a filha quase enlouqueceu, pôs as mãos na cabeça, e a mãe disse: "Se eu morrer, você vai ficar sem nada".

Mas aí é que está a questão: Ele quer a completa destruição ou só quer vê-la no olho da rua?

Bom, ela não pode sair de casa. Não tem para onde ir. Talvez até alguém queira voltar (pensa a mãe-filha). Quer dizer, resta ficar, mas se Ele semeia destruição, é preciso vencer isso com sua força. Responder como Kutúzov a Napoleão, tornando sua posição *incômoda*. Uma decisão sábia. A Criatura será derrubada.

A decisão foi difícil no começo, depois ficou mais fácil. Quebrou toda a louça na cozinha, espalhou pelo apartamento.

Com muita dificuldade tirou e deixou cair sobre os cacos, com enorme estrondo, um pequeno armário suspenso. Então, viu que aquele mesmo armariozinho na verdade estava preso por um fio nos parafusos quando ela o tirou. Quer dizer, um parafuso saiu da parede atrás do pequeno armário como um peixe sai de um tanque. Fácil, fácil. E o armariozinho também já estava quase despregado, revelou-se que a parte de trás havia se soltado do canto e se afastado. Ou seja, aquele armariozinho era o primeiro candidato a despencar da parede e destruir toda a louça! Além disso, podia cair na cabeça de quem estivesse embaixo!

A mãe-filha se animou. Minha nossa, que intuição! Foi dado um passo na direção do inimigo, e logo se revelou uma bela conspiração! Era uma vontade contra a outra!

Ela passou a noite no sofá da sala, depois esperou um dia.

E aconteceu o que esperava. Um rumor no quarto, onde estavam o pó, os discos espalhados, onde o barulho de ontem pairava no ar. Ela entrou. Era visível que havia algo sendo tramado ali. O sofá-cama estava lá, eternamente desorganizado. Normalmente ela arrumava a cama e enfiava tudo no vão debaixo do colchão. (Fazia algum tempo ela havia parado de arrumar a cama, para quê?)

Agora a m-f (mãe-filha) pegou um martelo com uma cabeça na ponta para tirar os pregos e levantou o colchão de mola, enfiando os discos de um lado. E com a cabeça do martelo começou a puxar os parafusos que seguravam o mecanismo de levantar o colchão. Era difícil fazer isso curvada! Foi preciso se arrastar de joelhos para dentro da caixa e trabalhar ali no escuro e na poeira. Mas já no segundo parafuso ficou claro que ele estava se segurando em nada! Os parafusos meio que saíram sozinhos! Ou seja, mais um dia ou dois e o mecanismo deixaria de funcionar. Não ia subir nem descer. Novamente ela havia previsto um atentado terrorista! Novamente Ele havia ficado para trás!

Agora não dá mais para levantar e fechar o sofá. Paciência. Emporcalhado, empoeirado, com um monte de discos no meio, nos lençóis amarfanhados, ele ficou para sempre assim, como o local de um memorial perdido que é preciso contornar por um quilômetro. Como a ruína de um terremoto.

De novo um presságio e Ele foi contrariado. Mas era preciso estar na vanguarda dos acontecimentos, não agarrar o que já tinha à mão, mas procurar o que estava intacto, inteiro.

Com um golpe de martelo, ela quebrou a televisão. Houve um estrondo... leve. Era uma TV velha, mas ainda tinha boa imagem, apesar de ser em preto em branco.

Impossível bolar um plano melhor. Se Ele quisesse dar um golpe horrendo, explodiria justamente a TV daquela mãe. E imagine as consequências: feridas no rosto (ela sempre se sentava perto da tela) e um incêndio geral no apartamento. Ou seja, tudo ia virar carvão. E o corpo seria removido num saco plástico que havia restado. Naquela mesma TV mostravam horrores como esse.

E justamente esse ponto foi o mais dolorido. A TV servia de tudo para a m-f. Conteúdo, felicidade, a base do lar, era para a televisão que ela sempre corria ao chegar da rua, de uma loja. Para a TV ela pegava uns folhetos gratuitos que publicavam a programação. E depois jogava esses folhetos fora, mas pensava neles, lembrava. Mas ter um teto sobre a cabeça era mais valioso do que a televisão naquela escala aceita (ali), isso dava o que pensar.

Para não acentuar agora aquele terrível dilema (isto é, viver ou não viver), a m-f tirou TUDO do guarda-roupa e pôs num saco de batata que havia puxado de debaixo de uns trastes no armário da parede. Esses trastes deviam ter sido jogados fora há muito tempo (mas ela não ia se ocupar com isso agora), velhos casaquinhos-sainhas-galochas, tudo já uns trapos que ficavam ali como roupa para uma viagem ao campo, ou para o caso de uma evacuação e uma guerra, por exemplo. Fome, por exemplo. Ali também guardava velhas cortinas e cobertores, a começar pelos infantis — seriam a salvação se não houvesse aquecimento no inverno, como na época do cerco. No armário da parede se acumulava uma pobreza prensada, e no guarda-roupa ficava a vida atual. Então, todo o conteúdo do guarda-roupa foi para o saco!

Já havia escurecido, no segundo dia de contraofensiva, e a m-f, depois de pôr o saco de batata numa janela aberta para isso, deixou seu peso cair no espaço vazio da janela. No saco havia blusas, vestidos, jaquetas, um sobretudo. Roupa íntima. Cachecóis, luvas, gorros, uma boina, um chapéu, cintos, lenços de nariz. Um bom par de meias-calças de inverno. Calças. Suéteres, umas três peças. Saias, duas largas e uma reta, envelope. E depois, roupa de cama, limpa, com cheiro de frescor e sabão. Toalhinhas, todas. Fronhas e lençóis, lençóis de cobrir, um com bordado. Ah, meu Deus. Mas não se queimaram num incêndio.

Depois do saco pesado lançado pela janela, foi a vez de um quadro da parede, com moldura dourada, e depois três cadeiras, uma atrás da outra.

Lá embaixo começaram a berrar, algum impropério, um palavrão, um longínquo grito masculino.

Ela fechou a janela depressa. Pronto.

Agora não havia o que vestir, só o roupão, embaixo dele a camisola e a calcinha.

Deitou no sofazinho, em cima dos velhos folhetos com a programação da TV. O cobertor e os travesseiros ficaram no quarto como vítimas de um terremoto. Cobriu-se com outro encarte publicitário.

* * *

De manhã, depois de uma boa noite de sono, a m-f concluiu que já não precisava ter medo de nada, absolutamente nada, e agora não tinha nem medo de abandonar de vez sua vida atual, seu cotidiano, o teto sobre a cabeça. Começou uma saída gradual do apartamento. Depois de dar uma olhadinha em volta, a m-f pisou na soleira, esquecendo a chave numa bolsinha sobre a mesa. Mas não se esqueceu de soltar a gata na escada.

Era possível deixar a gata trancada, mas ela não era muito valiosa (supostamente) e não era vantajoso entregá-la de bandeja a Ele. Ou seja, o sacrifício de um ser vivo não estava nos seus planos. A m-f estava fazendo mais mal a si mesma. A questão era: para quem seria pior, para o gatinho ou para a m-f, quando a m-f começasse sua vida nova, sem nada, mas ela parecia escutar o miado de Lialka trancada, quase morta. A m-f começou a se convencer de que para a gata, justamente para a gata, o sacrifício já seria maior. Para que ia matá-la de fome? Era só um animal qualquer, retirado de uma árvore.

Com indiferença e tentando não pensar, a mãe-filha decidiu pôr a gata para fora. E então aconteceu um caso curioso, uma história engraçada. A m-f estava pronta para a vida em liberdade — mas a gata não. Quando a m-f pegou a gata e a prendeu com o cotovelo, preparando-se para enxotá-la dali, a gata começou a dar uma tremidinha, como uma chaleira fervendo. Como um trem antes de sair. Como o forte calafrio de uma criança doente. Ela tremia, pelo visto por sua vida.

— O que foi — disse a m-f delicadamente —, está com medo de quê? Está bem, calma, calma. Você sempre saía correndo. Muito bem, vá! Vá logo!

Sim, a gata sempre saía correndo para a escada, montava

guarda perto da porta, deixando qualquer um maluco com seus lamentos roucos. Miava noites inteiras. Mas deixá-la sair era perigoso, ela podia nem voltar para casa. Apesar de tudo, a m-f amava o animal. Não agora, é verdade. Alegre, animada, ela se desprendeu da gata no hall da escada e bateu a porta atrás de si, pronto! De roupão e chinelo, estava no topo do seu destino, senhora de si, triunfante sobre Ele. Ali Ele podia farfalhar e atravessar correndo o quanto quisesse, se desejasse segui-la, naqueles enormes espaços abertos.

A gata ficou sentada em cima do rabo, como se tivesse apanhado. Ela se curvou, ficou arqueada e um pouco pensativa. A mulher, que já havia descido metade da escada, se voltou e olhou para cima. A gata olhava petrificada para a frente, seus olhos pareciam ter catarata, as pupilas transformadas em grãozinhos miúdos afogados na massa esverdeada que preenchia as órbitas. O focinho parecia lambido. O pequeno crânio de repente sobressaía e se destacava sob o pelo preto. A morte estava sentada na escada, vestida com um casaco de pele muito fino.

A mulher quase começou a chorar. A gata estava se preparando para morrer. O que a esperava era a rua, à mercê dos cachorros, da fome. A gata não conseguiria lutar pela vida, ela não sabia como se proteger. Naquele mesmo dia seria expulsa da portaria, chutada nas costelas por uma bota depois do primeiro xixi.

A m-f parou em seu movimento triunfante para baixo. Ela pensou que a gata se espalharia em cacos, como todo o resto — louça, cadeiras, televisão, roupa.

A Criatura poderia celebrar uma vitória completa.

"Aí já é demais", pensou a m-f, "tudo para esse inútil."

"Ela vai se virar", decidiu a mulher. "Como fui ficar tão assustada a ponto de dar tudo para Ele?"

— Não — ela disse —, Lialka não tem culpa de nada.

Lialka estava sentada como um gato empalhado, com os olhinhos turvos, de vidro, esbugalhados. O rabo, normalmente ativo, que expressava com precisão todos os pensamentos do organismo, agora estava jogado como uma cordinha morta empoeirada. Todo o pelo já estava empoeirado, opaco, doente.

A mulher pegou Lialka nos braços ali mesmo, apertou com o cotovelo seu corpinho petrificado e tocou a campainha dos vizinhos. Então chamou o zelador energicamente e sentou numa cadeira que lhe foi oferecida para esperar um serralheiro.

Depois, já com a porta aberta, a mulher entrou em sua casa destruída, soltou Lialka no chão e olhou para o lar com outros olhos. Era como se tudo ali fosse novo, meio alheio, interessante.

Havia um par de sapatos na antessala! Da louça sobreviveram todas as panelas, uma tigela e uma caneca! Colheres e garfos! "Que luxo!", pensou a mulher, que já estava pronta para pastar ali embaixo, na rua, perto do contêiner de lixo, em busca de uma latinha para beber água e de um pedacinho de pão mofado para se alimentar.

— Será que eu acharia um luxo desses no lixo? — murmurou a mulher, depois de abrir a geladeira, na qual havia dois pratos, um raso e um fundo, com frutos da terra cozidos (!). Com batata e beterraba. E uma latinha de sopa! E uma tigelinha com peixe para Lialka!

Havia de tudo no apartamento. Quente, bastante limpo na parte da cozinha, as torneiras funcionam, banheira, água corrente, sabão, telefone! E uma cama! Tem lençóis de forrar e de cobrir, que sorte. Discos no sofá e uma vitrola no canto, esquecida, em outra época alguém adorava escutar música naquela casa... A mãe ou a filha.

A mãe-filha rapidamente arrumou a louça quebrada em mil

cacos (imagina, não era a primeira vez naquela casa), realizou uma série de idas até o contêiner de lixo, e, quando jogou lá um saco de lascas e lixo pela terceira vez, dois homens com roupa suja, engordurada, e sacolas atravessadas no ombro se aproximaram cuidadosamente, esperaram e ali mesmo se curvaram sobre o lixo, mal a m-f tinha se afastado. Eles se comportavam como sombras de pessoas, que se arrastavam, se curvavam para diferentes lados, imperceptíveis, escuros.

A m-f foi olhar debaixo da janela. Claro, já tinham levado o saco fazia muito tempo. Alguém ia vestir os suéteres e as calças dela, e ela, livre, vagava sem ter nada. Sim!

Ao retornar ao apartamento limpo, varrido, lavado, a m-f antes de mais nada se espantou com sua falta de determinação anterior — não havia jogado comida fora, não havia quebrado o interior da geladeira, deixara todas as lâmpadas intactas.

Em seguida, a mulher se lembrou, pegou o peixe da geladeira e pôs no prato para Lialka.

Lialka, porém, ainda estava sentada como um pequeno poste, paralisada no meio da antessala, e os olhos dela ainda lembravam uvinhas, sem a casca, com um carocinho que mal dava para ver.

A respiração da morte, pelo visto, havia congelado sua alma assustadiça.

A mulher não tentou confortar a gata, a tarefa era uma só — o mais rápido possível devolver tudo à aparência anterior, e então a gata também voltaria a si.

E, como muitas vezes acontece, se um integrante da família não está decidido, se acovarda ou entra num estado histérico, o segundo membro da família cria ânimo e coragem para salvar a situação. A mulher saiu correndo ainda mais depressa, pôs a prateleira sobre o piano, nela estendeu os discos, levou a roupa de cama para o banheiro, lavou e pendurou rapidamente. As toa-

lhas, por sorte, foram encontradas — uma num ganchinho na cozinha e duas penduradas no cano no banheiro.
— Tudo bem! — resmungou a dona da casa para Lialka.
— Nós vamos sair dessa!
Não só isso, a m-f achou uma chave de fenda e apertou os parafusos (ainda bem que não tinha jogado fora), e logo montou o sofá em sua posição diurna, com o encosto para cima.
Pronto!
E como foi fácil destruir, e como é difícil consertar, restabelecer, pôr em ordem. Como é difícil se curvar, se arrastar nos cantos, reunir estilhaços, jogar fora, atarraxar, puxar para fora. O pior de tudo foi a televisão. Foi preciso esperar a noite e jogá-la fora pela janela reunindo toda a força, e depois lá embaixo foi mais fácil carregar a carcaça destruída no carrinho e levar embora para o contêiner de lixo.
Algo como uma guerra havia passado pela vida pacífica de m-f, uma guerra.
O apartamento grande parecia vazio sem cadeiras e televisão.
Mas uma pessoa se vira sem nada depois de sobreviver. Não havia nada para assistir, é verdade, mas em compensação apresentou-se, saído da escuridão, um armarinho cheio de livros. M-f pôs o disco que um dia havia sido seu preferido, um tango antigo!
Depois, ao som da música, ela começou a arrumar mochilas e malas com roupas velhas. Toda a sua vida passou diante dela, como um documentário de cinema. Suas sombras preferidas voltaram à vida e a rodearam, ainda que quase nada daqueles panos velhos coubesse em m-f, (pelo visto) já mais gorda por ficar sentada diante da TV. Tudo bem. Tinha alguns pedaços de tecido, no cantinho do armário se escondia alguma máquina de costura velha, e seria possível arrumar às pressas uma saia para

usar com alguma daquelas blusinhas de malha velhas que ainda cabiam.

Ainda mais porque havia muito tempo ela já usava as roupas mais batidas, e guardava o que era limpo e quase novo para alguma ocasião especial, para sair com as pessoas — essa ocasião nunca acontecia.

Ali mesmo, no caminho, m-f reuniu mais sacos de roupas velhas e sapatos que não serviam, lembrando-se daquelas sombras escuras que haviam recebido dela um monte de cacos quebrados.

Meu Deus, que vida nova se revelava agora diante de m-f; e a gata ainda estava petrificada, como uma pessoa que havia passado uns maus bocados.

De repente a gata levantou as orelhas. O chão rangeu em algum lugar.

A mulher sorriu.

Era óbvio que a casa estava se assentando, estava seca, as tábuas estalavam — antes de mais nada. Depois, em todos os apartamentos em cima, embaixo e dos lados viviam pessoas vivas, uma corria, quebrava algo, estragava, consertava, se movimentava.

— Isso é vida! — a mulher falou em voz alta, dirigindo-se, como sempre, à gata.

Lialka, depois de mexer as orelhas, se levantou com facilidade e foi para a cozinha, juntando as patas da frente como uma tigresa pesada, o que era estranho em sua constituição mirrada. Depois sentou suavemente diante de seu pratinho, com o nariz no canto, se inclinou e pegou um pedacinho de peixe, sacudindo a cabeça: havia decidido continuar vivendo.

A lanterna

Certa vez, numa noite de inverno, uma jovem estava voltando de trem para casa na aldeia.

Não era longe para ir andando, mas a estrada passava por uma pontezinha e seguia para cima, pelo campo.

E então, subindo a montanha, a menina viu uma luz, como se brilhasse uma lanterna na mão de um passante, e ainda por cima o raio de luz batia bem nos olhos dela.

Ela se assustou, já estava tarde e escuro, não havia ninguém ao redor, só aquele raiozinho de luz que se aproximava pela trilha.

O que fazer?

Dar a volta era perigoso demais, ficaria parecendo uma fuga, iriam persegui-la e matá-la; ir de encontro à lanterna também dava medo, mas nesse caso era melhor fingir que não estava acontecendo nada.

A moça rapidamente passou seu pouco dinheiro da bolsa para a parte de dentro da roupa e andou rumo à lanterna como se não estivesse acontecendo nada.

O coração dela batia de medo, mas ela não diminuiu o passo e não parou senão demonstraria que estava com medo.

Esse raio de lanterna, porém, continuava brilhando e brilhando, mas não se aproximava um passo, e a jovem corria rumo àquela luz como uma mariposa vai para a luzinha de uma lâmpada.

Ela já andava assim há bastante tempo, e de repente notou que estava andando pelo campo.

A trilha havia desaparecido, adiante só brilhava o fogo da lanterna.

Não era difícil andar pelo campo, a neve havia se depositado, ainda que o campo fosse acidentado.

A neve dava, mal e mal, ao menos um pouco de iluminação, e a jovem começou a escolher um caminho mais plano, apesar de não saber aonde ia chegar andando por ele.

Então algo ao lado se mexeu bruscamente e iluminou todas as redondezas, como um raio, só que com uma maior duração de tempo.

A jovem até olhou ao redor, para o lado daquela explosão, mas já não se via nada.

Estava escuro, a neve brilhava de leve, e ao longe, imóvel, estava de pé uma pessoa indistinguível com sua lanterna.

E a jovem resignadamente foi na direção da luz daquela lanterna: pelo menos podia perguntar o caminho.

Mesmo que ela tivesse crescido naquele lugar, poderia acontecer de tudo.

Estava claro que ela tinha se perdido.

Ela andava e andava, a luz da lanterna a conduzia para algum lugar, e ela já não entendia por que estava se deslocando pelo campo nevado, onde estava sua casa e quanto tempo havia se passado.

Às vezes ela caía e saltava com horror, lembrando da história da vovó Pólia sobre como as pessoas cansadas que queriam descansar congelavam na neve.

A vovó Pólia havia morrido há não muito tempo, ela criava a neta desde que nascera e o tempo todo conversava com ela, o tempo todo, até quando ela ainda não sabia falar.

A moça mal andava porque estava muito cansada, ela estudava na escola técnica comercial, e naquele dia tinha tido aula prática numa loja, havia passado o dia inteiro de pé.

Normalmente ela não voltava tão tarde, tentava passar a noite na casa de uma amiga em Moscou; mas hoje não tinha conseguido, ela estava recebendo vários parentes.

A menina pensou que o pai e a mãe talvez tivessem ido encontrá-la e não a encontraram porque ela se desviou do caminho, foi para o campo e se perdeu, e agora os pais haviam voltado para casa e estavam ligando sem parar à amiga dela em Moscou; e como eles receberiam aquela notícia de que a filha havia ido embora de trem há tanto tempo?

A moça chorou um pouco, mas depois andou como se fosse de madeira: ela entendeu que não tinha salvação, que a luz da lanterna a estava atraindo para algum lugar.

O coração dela batia acelerado, a boca estava seca, a garganta ardia.

Às vezes ela andava de olhos fechados, às vezes virava para o lado — mas sabia que a luz da lanterna de toda forma brilhava adiante.

Por fim, encontrou com algo duro e deu um grito.

Era a cerca de um cemitério, uma sebe não muito alta.

Diante dela havia uma espécie de pedaço de bosque no campo, árvores velhas, que mal dava para enxergar no escuro das cruzes e monumentos atrás da cerca coberta de neve.

O raio da lanterna (ou a chama da vela) agora havia se perdido nas árvores densas e brilhava ao longe.

A jovem entendeu onde estava, e entendeu que a lanterna agora estava brilhando no pequeno túmulo da avó Pólia.

E, sem consciência, sem pensar em nada, a moça andou até o portão para entrar no cemitério.

Porém, horrorizada escutou atrás de si uma respiração alta e um leve sussurro.

Ela não olhou para trás, só apressou o passo e encolheu a cabeça no peito, esperando o golpe.

E então alguém tocou de leve sua luva, e depois a pegou e a puxou para o lado.

A jovem abriu os olhos e viu um pequeno cachorro peludo que, sorrindo, olhava para ela.

Na mesma hora sentiu a alma mais leve.

A moça olhou pela cerca: a luzinha no cemitério havia apagado.

O cachorro puxou a jovem para o lado mais uma vez.

A jovem estava numa trilha batida, bastante larga, na qual rolavam galhos de abeto — pelo visto, do último enterro.

E então ela saiu correndo a toda a velocidade por aquela trilha encontrada, e o cachorro imediatamente ficou para trás.

Pelo visto, era o cachorro que recolhia os restos das missas fúnebres no cemitério e se alimentava deles, esse mendiguinho de cemitério, e ele não se afastava de seu posto para ir a lugar nenhum.

Meia hora depois a jovem já se aproximava da aldeia.

O pai e a mãe, como depois se descobriu, de fato haviam ido ao encontro da filha, mas no meio do caminho viram e escutaram uma explosão adiante. O que havia explodido era o gasoduto que atravessava bem na trilha.

A explosão se propagou pelas árvores em volta, tudo se queimou e com um assobio ardia uma alta tocha.

Os pais da jovem correram para o lugar da explosão, percorreram tudo em volta, mas não encontraram nada, nenhum resto mortal.

Depois foram para a estação de trem, ligaram para Moscou, e souberam pela amiga da filha que ela havia saído duas horas antes, esperaram o último trem, não viram ninguém e então rapidamente voltaram para casa por outra estrada, na última esperança de ter se desencontrado da filha.

Ao voltar, eles ligaram para a polícia, mas disseram a eles que todos estavam no local do acidente e ninguém iria procurá--la naquele momento.

A mãe estava rezando de joelhos diante do ícone, o pai deitado no sofá com o rosto virado para a parede, quando a moça entrou na casa.

O pai se sentou no sofá e levou a mão ao coração, a mãe se jogou sobre ela, a abraçou e disse:

— Onde você estava? Achamos que Deus havia te levado — e então ela começou a chorar —, que a vovó Pólia tinha te chamado. Sabe, houve uma explosão na sua trilha. Logo depois chegou o seu trem. Achamos que você havia sido atingida pela explosão. Fomos lá te procurar.

— Sim — respondeu a jovem. — Eu vi a explosão, mas já estava longe. Estava perto dela. A vovó Pólia me chamou.

CONTOS DE FADAS

O pai

Era uma vez um pai que não conseguia encontrar seus filhos de jeito nenhum. Ele andava por todo lado perguntando se os filhos dele não tinham passado correndo, mas quando lhe faziam uma simples pergunta: "Como eles são? Como se chamam seus filhos? São meninos ou meninas?", e assim por diante, ele não conseguia responder nada. Sabia que estavam em algum lugar, e continuava suas buscas. Porém, tarde da noite ele teve pena de uma velhinha e carregou a bolsa pesada dela até a porta do apartamento. A velhinha não o convidou para entrar, ela nem disse "obrigada", mas de repente o aconselhou a ir de trem até a estação Quilômetro Quarenta.

— Para quê? — ele perguntou.

— Como assim, para quê? — respondeu a velhinha e cuidadosamente fechou sua porta com tranca, à chave e com correntinha. Mesmo assim, no primeiro fim de semana — e era um inverno rigoroso — ele se dirigiu ao Quilômetro Quarenta. Por algum motivo a viagem levou o dia inteiro, o trem fez longas paradas, e finalmente, quando começou a escurecer, ele chegou à plataforma do Quilômetro Quarenta.

O viajante infeliz se viu no limiar de uma floresta e, sem saber por quê, começou a subir nos montes de neve, entrando no matagal. Logo ele foi dar numa trilha batida que no crepúsculo o levou até uma pequena isbá. Ele bateu, ninguém respondeu. Entrou na soleira e bateu na porta. De novo, ninguém. Então, entrou devagarzinho na isbá aquecida, tirou as botas, o casaco e o gorro e começou a olhar em volta. A casinha estava limpa, aquecida, ardia ali uma lamparina de querosene. Era como se alguém tivesse acabado de sair de casa e deixado na mesa uma xícara, uma chaleira, pão, manteiga e açúcar. O fogão estava aquecido. Nosso viajante estava congelando e com fome, por isso, pedindo desculpa em voz alta, ele se serviu uma xícara de água quente e bebeu. Depois de pensar um pouco, comeu um pedaço de pão e deixou dinheiro em cima da mesa.

Enquanto isso, lá fora escureceu de vez, e o pai viajante começou a pensar o que fazer dali em diante. Ele não sabia os horários dos trens e corria o risco de se atolar num monte de neve, ainda mais porque estava nevando muito, e todas as trilhas deviam estar cobertas.

Então ele deitou num banco e dormiu. Foi despertado por uma batida na porta. Soerguendo-se no banco, disse:

— Entre, por favor!

Uma criança pequena, agasalhada com uns trapos rasgados, entrou na isbá e, indecisa sobre o que fazer, ficou paralisada perto da mesa.

— O que é essa aparição? — perguntou do banco, ainda meio sonolento, o futuro pai. — De onde você veio? Como veio parar aqui? Você mora aqui?

A criança encolheu os ombros e disse: "Não".

— Quem trouxe você?

A criança sacudiu a cabeça, enrolada no xale rasgado.
— Você está sozinho?
— Estou sozinho — respondeu a criança.
— E sua mãe? Seu pai?
A criança começou a fungar e encolheu os ombros.
— Quantos anos você tem?
— Eu não sei.
— Muito bem, como você se chama?
A criança encolheu os ombros novamente. Seu narizinho de repente descongelou e começou a escorrer. Ele enxugou o nariz com a manga.
— Espere — disse então o futuro pai. — Para essas coisas as pessoas têm lenços de nariz.
Ele limpou o nariz da criança e começou a tirar seu casaco com cuidado. Desenrolou o xale, tirou o casaco de pele, um pouco velhinho, o gorro, tirou o pequeno sobretudo, que era quente, mas muito rasgado.
— Sou um menino — disse a criança de repente.
— Bem, isso já é alguma coisa — disse o homem, lavou as mãos da criança, muito pequenas, com unhazinhas muito pequenas, numa torneira. A criança parecia muito com um velhinho, e de vez em quando com um chinês, às vezes até com um cosmonauta, com seus olhos e nariz inchados.
O homem deu chá doce para a criança beber e começou a alimentá-la com pão. Acabou que a criança não sabia beber sozinha, foi preciso dar a ela de colherzinha. O homem até suou de cansaço.
— Muito bem, vou te pôr pra dormir — ele disse, exausto.
— No fogão é quentinho, mas você vai cair de lá. — Dorme neném, que a cuca vem pegar. Vou colocar você no baú e pôr as cadeiras em volta. E algo para estender...
O homem começou a procurar um cobertor quente pela

isbá, mas não encontrou. Decidiu estender sua jaqueta quente, tirou seu suéter para cobrir a criança. Mas então ele olhou para o baú. Será que tem algo ali, algum trapo?

O homem abriu o baú, de lá tirou um cobertorzinho de seda acolchoado, um travesseiro com renda, um colchãozinho e um montinho de pequenos lençóis. Debaixo deles havia várias pequenas camisas finas, também de renda, depois camisas de flanela e uma bola de pequenas calças de tricô, amarrada com uma fita azul.

— Ah, mas aqui tem um enxoval inteiro! — exclamou o homem. — É verdade que isso pertence a alguma outra criança... Mas todas as crianças passam frio do mesmo jeito e querem comer do mesmo jeito... É preciso compartilhar uns com os outros! — disse em voz alta o futuro pai. — Não se deve permitir que uma criança não tenha nada, que vista uns trapos, e que outra tenha coisas demais. Não é verdade? — perguntou.

Mas a criança já havia dormido no banco.

Então o homem, com as mãos desajeitadas, preparou uma caminha luxuosa, com muito cuidado trocou a roupa da criança e vestiu-a com tudo limpo e a pôs para dormir. Ele mesmo jogou sua jaqueta no chão ao lado do baú cercado com cadeiras e deitou, cobrindo-se com o suéter. Com isso o futuro pai se cansou tanto que pegou no sono imediatamente, como nunca na vida havia adormecido.

Acordou com uma batida na porta.

No recinto entrou uma mulher toda coberta de neve, mas descalça. Saltando meio adormecido, o homem protegeu o bauzinho com o corpo e disse:

— Desculpe, nos instalamos por um tempo na sua casa. Mas eu vou lhe pagar.

— Desculpe, eu me perdi nesta floresta — disse a mulher, sem escutar — e decidi entrar na sua casa para me aquecer. Eu estava com medo de congelar, está caindo a maior nevasca. Posso?
O homem entendeu que aquela mulher não era de forma alguma a dona da casa.
— Vou esquentar a chaleira para você agora mesmo — ele disse. — Sente-se.
Foi preciso acender o fogão com lenha, foi preciso procurar, na entrada, um barril com água. De passagem, encontrou um pote de ferro com batata ainda quente, e outro pote de ferro com mingau de painço com leite.
— Certo, isso nós vamos comer, mas o mingau temos que deixar para a criança — disse o homem.
— Que criança? — perguntou a mulher.
— Esta aqui — e o homem mostrou o bauzinho onde dormia serenamente a criancinha, com o bracinho levantado atrás da cabeça. A mulher se ajoelhou diante do bauzinho e começou a chorar.
— Meu Deus, aí está ele, meu filhinho — disse ela. — É ele mesmo?
E beijou a ponta do cobertorzinho azul.
— É seu? — surpreendeu-se o homem. — E como ele se chama?
— Não sei, ainda não dei um nome para ele. Estou tão cansada por esta noite, uma noite inteira de sofrimento. Ninguém pode me ajudar. Nenhuma pessoa no mundo.
— E o que ele é, menino ou menina? — perguntou o homem com desconfiança.
— Para mim tanto faz: o que quer que seja, nós o amamos.
E novamente beijou a ponta do cobertor. O homem observou a mulher com atenção e viu que no rosto dela de fato havia traços de sofrimento, os lábios estavam ressecados, os olhos, fun-

dos, os cabelos, quebradiços. As pernas pareciam muito magras. Mas, depois de algum tempo, a mulher se aqueceu e tornou-se estranhamente mais bonita. Os olhos dela começaram a brilhar, as bochechas cavadas ficaram coradas. Ela olhava pensativa para o menino feio e careca que dormia no bauzinho. As mãos dela, que seguravam a borda do baú com força, tremiam. A criança também mudou. Ele diminuiu e agora parecia um velhinho de nariz inchado e com olhos que não passavam de frestinhas.

Tudo isso parecia estranho para o homem — como a mulher e a criança mudavam diante dos olhos dele, de um instante para outro. Ele até se assustou.

— Bem, se ele é seu, não vou te atrapalhar — disse o pai frustrado. — Já estou indo, logo, logo passa meu trem.

Ele se agasalhou apressado e saiu.

Já estava amanhecendo, havia uma trilha, por mais estranho que pareça, limpa e bem batida, como se não tivesse sido uma noite de nevasca. Nosso viajante rapidamente saiu da casinha e, depois de várias horas de caminhada, parou na frente de uma casinha exatamente igual à anterior, e, já sem se surpreender, entrou na casa sem nem ao menos bater.

A entrada era idêntica, o cômodo parecia com aquele, e da mesma forma sobre a mesa havia uma chaleira quente e pão. O viajante estava cansado e com frio, por isso rapidamente, sem se deter, tomou o chá, comeu um pedaço de pão e deitou no banco para esperar. Mas não veio ninguém. Então o homem deu um salto e correu para o bauzinho. No bauzinho novamente havia coisas de criança, mas agora já eram roupinhas de frio — uma jaquetinha, um gorrinho, botas de feltro muito pequenas, calças acolchoadas, até um certo macacão luxuoso, e no fundo um saco de dormir de pele com capuz.

Esse homem entendeu na hora que o menino estava sem nada para vestir lá fora, tinha aquela pequena camisa e várias besteiras, nada além disso! Pedindo desculpas em voz alta, ele separou o mais necessário — o saco de peles, o macacão, as botas e o gorrinho. Depois, pegou o trenó que estava no canto, porque viu que em outro canto havia mais um. Pedindo desculpas mais uma vez, ele pegou, de um monte de botas de feltro atrás do baú, umas botas de adulto, que pela aparência caberiam na mulher — pois ela estava descalça! Com essa carga saiu correndo o mais rápido possível no frio de volta para a primeira isbazinha.

Já não havia ninguém ali. Tinha a chaleira quente e o pão. O bauzinho estava vazio.

"Pelo visto ela vestiu o menino com todos aqueles molambos", pensou o pai frustrado. "Que besteira, e eu tenho tudo o que é necessário!" Então ele saiu correndo adiante pela trilha, arrastando o trenó, e alcançou a mulher com muita rapidez, porque ela mal andava. Estava até cambaleando. Os pés descalços estavam vermelhos da neve. Trazia no colo a criança enrolada num trapo.

— Um minuto! — gritou o nosso pai. — Espere! Vê se pode andar assim?! É preciso agasalhar esse menino! Aqui está, tudo o que você precisa.

Ele pegou a criança dos braços dela, que, fechando os olhos, obediente, deu a ele seu fardo, e juntos eles voltaram para a isbazinha.

Só nessa hora o pai se lembrou da estranha velha cuja sacola pesada ele ajudara a carregar, e perguntou para a mulher:

— Diga, a velhinha também lhe deu este endereço?

— Não, ela só me disse o nome da estação, Quilômetro Quarenta — respondeu a mulher, quase dormindo.

Mas nessa hora a criança começou a chorar, e os dois se

143

apressaram em trocar sua roupa. De repente ela era tão pequena que nenhuma bota de feltro cabia nela, claro, e foi preciso pôr a fralda, enrolar no cobertor e então o saco de dormir de pele com capuz serviu nela. Todo o resto eles amarraram numa trouxa, a mulher calçou suas botas de feltro novas e eles saíram de volta, os três. O novo pai carregava a criança, a mulher puxava as coisinhas, e pela estrada eles esqueceram onde tinham se encontrado, esqueceram até o nome da estação. Só lembravam que havia sido alguma espécie de noite muito difícil e longa, tempos difíceis de solidão, mas agora havia nascido o filho deles, e haviam achado o que estavam procurando.

A mãe-repolho

Havia uma mulher que tinha uma filha muito pequena: ela se chamava Gota, Gotinha. A menina era muito pequena e não crescia de jeito nenhum. A mãe a levava a tudo que era médico, mas quando mostrava a menina, eles não queriam tratá-la: era não e pronto! Nem perguntavam nada.

Então a mãe decidiu não mostrar a Gotinha logo no começo, sentou-se no consultório de um médico e perguntou:

— O que fazer se a criança não está crescendo direito?

O médico respondeu, como convém a um médico:

— O que a criança tem? Qual é o histórico da doença? Como essa criança nasceu? O que come?

E assim por diante.

— Essa criança não nasceu — respondeu a mãe infeliz —, eu a achei no repolho, num repolho pequeno. Tirei a folha de cima, e lá estava a menina repolhinha, gota, gotinha. Eu a peguei para criar, mas ela não cresce de jeito nenhum, já faz dois anos.

— Mostre a criança — disse o médico.

A mãe da Gotinha tirou do bolso do peito uma caixinha, da

caixinha tirou a metade de um feijãozinho (escavado), e nessa metade estava sentada, esfregando os olhos com as mãos, a menina pequenininha.

A mãe também tirou uma lupa da bolsa, nessa lupa o médico começou a examinar a Gotinha.

— Que menina magnífica... — balbuciou o médico. — Bem alimentada, muito bem, mamãe... Levante, menina. Isso. Ótimo.

A Gotinha desceu da metade do feijãozinho e andou para a frente e para trás.

— Bem — disse o médico. — Vou dizer a você: a menina é magnífica, mas ela não deve viver aqui. Não sei onde deve viver. Aqui ela não tem companhia. Não é o lugar certo.

A mãe respondeu:

— É, ela mesma conta que tem sonhos sobre sua vida numa estrela distante. Ela diz que lá todos tinham asinhas, voavam pelos campos, ela também, bebia orvalho e comia pólen. Havia uma pessoa mais velha que os preparava, porque alguns teriam que sair, e todos temiam o momento em que as asinhas começassem a derreter — então o mais velho os levaria até o cume de uma montanha alta, lá se abriria a entrada para uma caverna com uns degraus para baixo, e aqueles cujas asas haviam derretido deviam descer, e todos os veriam descer e encolher, até ficar do tamanho de umas gotinhas...

A menina na mesa acenou com a cabeça.

— E a minha lindinha uma hora também teve que descer, ela chorou, desceu a escada e aí o sonho acabou, ela acordou na minha casa, na mesa da cozinha numa folhinha de repolho...

— Certo — disse o médico. — E você, o que aconteceu na sua vida? Qual é o histórico das suas doenças?

— Minha? — disse a mulher. — Que minha o quê! Eu a amo mais do que a minha vida, tenho medo de pensar que ela vai para lá de novo... Mas minha história é esta, meu marido me abandonou, e era para eu ter tido um filho, mas ele não nasceu... Foi difícil para mim... Fui ao médico, me mandaram para o hospital, lá mataram meu filhinho na minha barriga. Agora eu rezo por ele... Talvez ele esteja lá, no país dos sonhos.

— Está bem — disse o médico —, entendi tudo. Aqui está um bilhete, leve para uma pessoa... É um monge, vive na floresta, é uma pessoa muito estranha e nem sempre é possível encontrá-lo. Quem sabe ele pode ajudar você?

A mulher mais uma vez pôs sua Gotinha no berço de feijão, depois numa caixinha, depois no bolsinho, pegou a lupa e saiu — foi direto ver o ermitão na floresta.

Ela o encontrou sentado numa pedra perto da rodovia. Mostrou para ele o bilhetinho e depois o bolso do peito — sem palavras.

— É preciso devolvê-la para o lugar de onde a tiraram — disse o monge. — E não olhar mais.

— Devolver para onde? Para a loja?

— Sua burra! Onde a pegaram?

— No canteiro de repolho. Eu nem sei onde fica.

— Sua burra! — disse o monge. — Soube pecar, saiba se salvar também.

— Onde fica?

— Chega — disse o monge. — E não olhe.

A mulher começou a chorar, fez uma reverência, fez o sinal da cruz, beijou a ponta do casaco acolchoado sujo, fedido e rasgado do monge e saiu. Quando depois de um minuto ela se voltou, não viu nem o monge, nem a pedra na qual ele estava sentado — só um pedacinho de névoa. A mulher se assustou e saiu correndo. Caía a noite, e ela continuou correndo pelo campo, e de repente viu um canteiro de repolhos — botõezinhos de repolho ainda bem miudinhos lado a lado na terra... Chuviscava, a escuridão se movia e a mulher estava de pé, segurando o bolsinho no peito, e pensava que não conseguiria deixar sua menina ali sozinha, no frio e na névoa. A menina ia se assustar e ia chorar!

A mulher então tirou com as mãos um grande torrão de terra junto com um broto de repolho, embrulhou-o em sua camisa de baixo e arrastou aquele peso para a cidade, para a sua casa.

Mal chegou em casa, cambaleando de cansaço, ela pôs o torrão que havia trazido na sua maior panela e colocou essa panela com o repolho brotado na janela. Para não ver o broto, fechou a cortina; mas depois pensou que precisava regar a planta! E para regar ela precisaria ver o repolho!

A mulher transferiu o repolho para a varanda, em condições normais do campo — se chover, choveu, se nevar, nevou, se tiver pássaros, que tenha... Se a criancinha vivesse e crescesse dentro do corpo dela, como todas as crianças, estaria protegida do frio e de todo o resto — mas não, a pequena Gotinha não pôde se esconder no corpo dela, só lhe restou, para se proteger, uma folhinha de repolho.

Afastando as pétalas novas e firmes da flor do repolho, a mãe depositou ali sua filha — a Gotinha nem acordou, ela sempre adorava dormir e era uma criança de uma rara obediência, alegria e descontração.

As folhas de repolho eram duras, nuas e frias, ali mesmo elas se fecharam sobre a Gotinha...

A mãe se afastou silenciosamente da varanda, fechou a porta e começou a levar uma vida solitária como antes — saía para o trabalho, chegava do trabalho, fazia comida — e nem uma só vez olhou pela janela para ver o que acontecia com o repolho.

Passou o verão, a mulher chorava e rezava. Nem que fosse para escutar o que acontecia ali na varanda, ela dormia junto à porta, no chão. Se não chovia ela tinha medo de que o repolho murchasse, se chovesse tinha medo de que o repolho apodrecesse, mas o tempo todo a mãe se proibiu até de pensar o que e como a Gotinha comia e como ela chorava naquela armadilha verde, sem uma palavra da mamãe, sem calor...

Às vezes, especialmente nas noites em que caía um aguaceiro e ressoavam raios, a mulher queria correr para a varanda e cortar o repolho, pegar sua Gotinha, dar a ela um pinguinho de leite quente e colocá-la numa cama aconchegante... Mas em vez disso a mãezinha, como uma louca, corria debaixo da chuva e ficava parada ali para mostrar à Gotinha que não havia nada de terrível na chuva e nos raios. E ela sempre pensava que haveria um motivo para ter encontrado aquele eremita sujo e que haveria um motivo para ele ter mandado devolver a Gotinha ao lugar de onde a haviam tirado...

Assim, passou o verão, começou o outono. Nos mercados, já era possível ver um repolho firme, e a mulher não se decidia a ir para a varanda. Tinha medo de não encontrar nada ali. Ou de encontrar um broto de repolho murcho e nele só um retalhinho de seda vermelha, o vestido da infeliz Gotinha, que ela havia matado com as próprias mãos, como em outra época havia matado seu filho não nascido...

Um dia de manhã caiu a primeira neve. Caiu cedo demais para o outono. A pobre mulher olhou pela janela, se assustou e se apressou a abrir a porta da varanda.

E quando a porta começou a ranger pesadamente, a mulher escutou um miado assustado, estridente e impertinente, vindo da varanda.

— Um gato! Tem um gato na varanda! — agitou-se a pobre mulher, pensando que o gato era de algum vizinho. E todos conhecem a paixão dos gatos por tudo o que é pequeno e que corre.

Por fim, a porta da varanda cedeu e a mulher saltou na neve ainda de chinelos.

Na panela havia um repolho exuberante, enorme, encaracolado como uma rosa, e no alto, em cima das muitas pétalas, havia um bebê feio e magro, vermelho, com a pelezinha descascando. O bebê, semicerrando os olhos-frestinhas, miava, engasgava, tremia com as mãozinhas apertadas, sacudia os calcanhares vermelho-claros do tamanho de uma groselha... Como se fosse pouco, na cabeça careca da criança estava grudado o retalho de seda vermelha.

"E onde está a Gotinha?", pensou a mulher, e levou o repolho com a criança para o quarto. "Onde está minha filha?" Ela pôs a criança que chorava de lado no peitoril da janela e começou a revolver o repolho, examinou folha por folha, mas a Gotinha não estava em lugar nenhum. "E quem pôs este bebê aqui?", pensou ela. "Querem zombar de mim... Como esta criança veio parar aqui? Onde vou colocá-la? Olha só o tamanho dela... Largaram aqui para mim... Pegaram a Gotinha e largaram esta..."

A criança estava claramente com frio, sua pele estava ficando azulada, o choro era cada vez mais agudo.

A mulher pensou que essa menina gigante não tinha culpa de nada e pegou-a nos braços com cuidado, sem apertá-la contra si, levou-a para o banheiro, colocou-a debaixo da água quente, deu-lhe um banho, enxugou-a e enrolou-a numa toalha seca.

Ela levou a nova menina para a sua cama e a cobriu com um cobertor mais quentinho, e ela mesma tirou da caixinha velha a metade do feijão e começou a beijar, a chorar sobre ela, lembrando-se da sua pequena Gotinha que havia desaparecido.

Já era claro que a Gotinha havia partido, que em vez dela havia aparecido esse ser enorme, feio, desajeitado, com uma cabeça grande e bracinhos finos, um bebê de verdade, completamente alheio...

A mulher chorava e chorava, e de repente parou: achou que a criança não estava respirando. Será que essa menina também havia morrido? Meu Deus, será que ela havia se resfriado no peitoril da janela, enquanto a mulher procurava no repolho? Mas o bebê dormia pesado, com olhos semicerrados, um estorvo, feio, desamparado, de dar dó. A mulher pensou que não havia ninguém para alimentá-lo, e pegou a criança nos braços. E de repente algo pareceu bater nela de dentro do peito. E, como fazem todas as mães do mundo, ela abriu a blusa e pôs a criança no peito.

Depois de dar de mamar à filha, a mãe a pôs para dormir, pôs água num vaso, regou o repolho e deixou-o crescendo na janela.

Com o tempo o repolho cresceu, deu longos brotos e flores pálidas miúdas, e a menina pequena, quando chegou a hora, se levantou nas perninhas fracas e andou — primeiro se dirigiu, balançando, para a janela e sorriu, apontando com o dedo para os longos ramos da mãe-repolho.

O segredo de Marilena

Havia uma moça muito gorda que não cabia no táxi, e no metrô ocupava toda a largura da escada rolante. Ela sentava em três cadeiras, dormia em duas camas e trabalhava no circo, onde levantava peso.

Era uma moça muito infeliz, apesar de haver muitas pessoas gordas que vivem felizes! Elas se distinguem pelo temperamento dócil e pela bondade, e a maioria de nós, em geral, gosta dos gorduchos!

Mas nossa Marilena gorda guardava um segredo: só à noite, quando ia para o seu quarto de hotel, onde para ela, como de hábito, haviam sido movidas três cadeiras e duas camas (o circo estava sempre indo de lá para cá), só à noite ela ficava sozinha, e se transformava em duas moças de aparência normal, muito bonitas, que começavam a dançar ali mesmo.

O segredo da gorda Marilena era esse, e algum tempo antes ela entrava no picadeiro com a aparência de duas gêmeas bailarinas, sendo que, para diferenciar, uma delas tinha os cabelos louros dourados, e a outra exibia cachos negros como azeviche:

isso era considerado mais interessante, senão as pessoas não sabiam a qual delas entregar as flores que mandavam para as duas.

E, é claro, um certo feiticeiro se apaixonou pela loura, e a segunda irmã, a moreninha, ele imediatamente prometeu transformar numa chaleira elétrica com apito, para que essa chaleira acompanhasse o jovem casal. Seu chiado e apito os fariam lembrar que a segunda irmã, assim que olhou para o feiticeiro, havia começado a dissuadir a noiva daquele namoro.

Mas, assim que ele agitou sua varinha mágica sobre aquela infeliz, sua noiva prometida se inflou tanto, corou tanto, suou e começou a borbulhar não menos do que uma chaleira, e o feiticeiro então concluiu que não conseguiria fazer nada.

— Essas esposas — disse ele (e o feiticeiro havia sido casado dezessete vezes, sabia do que estava falando) —, essas amigas são piores do que uma chaleira, porque uma chaleira você pode destruir, mas uma mulher fervendo, não.

E ele decidiu punir a dupla de irmãs barulhentas.

A coisa aconteceu nos bastidores, no corredor onde ele as havia buscado logo depois do espetáculo para se apresentar e propor casamento à loira imediatamente.

Outras coisas eu não sei, mas isso ele sabia fazer.

A propósito, se ele não conseguia algo imediatamente, logo perdia interesse no assunto, se entediava e abandonava tudo pela metade.

Ele transformava suas noivas e esposas malsucedidas no que aparecesse: num salgueiro-chorão, numa torneira, num chafariz da cidade.

Gostava que elas ficassem chorando pelo resto da vida.

— Vocês ainda vão soluçar por mim — disse ele, sem deixar as irmãs passarem no corredor estreito, pelo qual os artistas andavam apressados para lá e para cá.

— É mesmo? — responderam as irmãs. — E você sabe que

nosso nascimento foi presenciado pela fada Pão com Manteiga, que disse que aquele por quem chorássemos, mesmo que só uma vez, se transformaria numa vaca? E vai ser ordenhado cinco vezes por dia! E ele vai passar toda a vida com esterco até os joelhos!

— Ah, é? — sorriu o feiticeiro. — Então aí vai um presentinho meu! Vocês nunca mais vão conseguir chorar! Isso é uma coisa! E em segundo lugar, nunca mais vão olhar uma para a outra! Agora eu quero ver!

Mas as irmãs retrucaram:

— A fada Pão com Manteiga previu isso também. Ela disse que, se alguém nos separasse, se transformaria num micróbio de disenteria e passaria o resto da vida num hospital em condições terríveis!

— Ah, melhor ainda — exclamou o feiticeiro-noivo frustrado —, então que seja, vou juntar vocês duas para sempre. Vocês estarão sempre grudadas. A fada Pão com Manteiga vai ficar satisfeita. Só se — aqui ele começou a rir baixinho — não quiserem dividir vocês pela metade. Eu concordo que nesse caso o culpado deve ser transformado em um micróbio de disenteria, numa bactéria! Será justo. Parabéns para a sua fada. Mas quem vai pensar em dividir vocês pela metade?

Então as gêmeas disseram:

— Não vai dar certo! A fada Pão com Manteiga enfeitiçou a gente para que todo dia por duas horas, em qualquer situação e em qualquer clima, nós dancemos juntas!

O feiticeiro ficou pensando e respondeu:

— Bem, não tem problema. Pode ser, duas horas por dia. Quando ninguém estiver vendo, vocês dançarão duas horas por dia e ainda vão reclamar amargamente disso!

Então as gêmeas empalideceram, se jogaram no pescoço uma da outra e começaram a se despedir — mas já não conseguiam chorar.

E o feiticeiro, com um risinho, agitou sua varinha mágica e num instante cresceu diante dele uma moça-montanha, pálida e assustada, com o peito parecendo um travesseiro, com as costas parecendo um colchão de ar, com a barriga parecendo um saco de batatas.

Virando-se com dificuldade, essa moça foi para o espelho, viu a si mesma, soltou um gemido e desmaiou.

— É isso — disse com tristeza o feiticeiro e desapareceu.

Por que com tristeza? Porque a vida sempre revelava para ele seu pior lado, apesar de ele poder tudo.

Melhor dizendo, ele não tinha vida nenhuma.

Ninguém o amava, nem o pai nem a mãe, a quem uma vez, depois de um pequeno escândalo, ele transformara em chinelos de usar em casa.

Não admira que os chinelos ficassem perdidos o tempo todo.

O feiticeiro se vingava de todos os que não o amavam, ele ria dos pobres e fracos seres humanos, e eles retribuíam com medo e ódio.

Ele tinha tudo: palácios, aviões e navios, mas as pessoas não o amavam.

Quem sabe ficaria contente se encontrasse uma alma disposta a cuidar dele, como uma frigideira de cobre nas mãos de uma dona de casa dedicada.

Mas toda a questão era que ele mesmo não conseguia se apaixonar por ninguém, e até num simples sorriso de um transeunte ele enxergava más intenções e a tentativa de pedir algo de graça.

Vamos deixá-lo aqui, andando em algum lugar mundo afora, sem medo (e pena) de ninguém, e nossa gordinha nesse mesmo instante foi expulsa do teatro pelo segurança como uma pessoa estranha que se encontrava na área de funcionários; ela não conseguiu nem pegar a bolsinha com dinheiro que pertencia às irmãs: quem era ela para pegar a bolsa dos outros?!

Marilena (antes Maria e Lena) quase morreu de fome no primeiro momento: ela morava às vezes na estação de trem, às vezes no jardim municipal, já não conseguia dançar e ganhar a vida, e ninguém dá esmolas para uma mulher gorda como ela: onde já se viu um mendigo obeso!?
Um mendigo como aquele precisa emagrecer imediatamente em algum lugar isolado para não morrer de pobreza.
E ele vai emagrecer, eu garanto.
Mas nossa Marilena não podia emagrecer, mesmo se não comesse absolutamente nada: tudo por causa do feiticeiro.
A propósito, parece que muitas pessoas rechonchudas foram enfeitiçadas: não importa o quanto passem fome, mesmo assim o peso volta, como se fosse mágica.
E assim, ninguém mais convidava nossa Marilena para ser par na dança.
Em primeiro lugar, como ia formar uma dupla sozinha?
Em segundo lugar, era gorda demais.
Em terceiro lugar, ninguém a reconhecia, e é amplamente sabido que no balé e no palco só convidam pessoas conhecidas.
Porém, à noite em algum lugar no parque ou no edifício da estação de trem, quando ficava só, a gorducha se transformava em duas bailarinas muito magras e tristemente, tropeçando de fome, dançava o charleston, sapateado, rock 'n' roll e o pas de deux do balé *A bela adormecida*.
Mas naquele momento ninguém a enxergava, como havia prometido o feiticeiro.

Finalmente ela pensou numa forma de consertar sua situação. Foi para o circo e propôs uma atração: comer um boi frito em dez minutos.
A ideia agradou ao diretor, e foi organizado um ensaio de-

monstrativo no qual a Marilena faminta traçou um boi em quatro minutos e meio!

É verdade, o boi era meio pequeno e mirrado, a direção não quis gastar muito.

Depois de comer o boi, Marilena sentiu uma terrível explosão de força e, no entusiasmo, levantou o diretor e o administrador, cada um em um dedo mindinho, e carregou-os pelo picadeiro.

Ali mesmo fecharam contrato com ela como a mulher mais forte do mundo e campeã das ilhas Man-Van.

Quanto ao boi, não se tocou mais no assunto, já que isso podia sair caro.

Agora toda noite, na apresentação, Marilena levantava um cavalo com uma telega, uma locomotiva, e, para encerrar, toda a primeira fileira de espectadores em cadeiras interligadas.

Só nessas condições ganhariam dinheiro, na arte é preciso impressionar muito o público, senão você morre de fome.

Arquejando, depois do trabalho ela ia para o restaurante, onde comia um carneiro frito, bebia um cantil de leite e depois, sem pagar, ia para o seu hotel.

O jantar dela era uma propaganda do restaurante, lá se reuniam aficionados para apostar em quantos minutos Marilena traçaria o carneiro.

A compra de vestidos era igualmente divertida: os alfaiates costuravam para Marilena e convidavam programas de televisão para a prova, e também tiravam fotos: aqui, Marilena ANTES, e aqui, DEPOIS: vejam como esse vestido a transformou! Nas revistas também apareceram fotos de uma mulher gorda e alegre com um lindo rostinho — com a duplicação, o nariz dela tinha aumentado, claro, mas os olhos haviam ficado simplesmente enormes, e os dentes eram tão grandes e brancos que os fabricantes de pasta e escova de dentes se jogavam sobre Marilena, implorando para que ela fizesse propaganda da mercadoria deles!

Ou seja, ela ficou bem mais rica do que era.

Agora ela se cansava muito com as danças noturnas, atividade a que, por tolice, ela se obrigou, quando inventou a fada Pão com Manteiga para o inocente feiticeiro. Já havia começado a esquecer que dentro dela se afligiam duas almas. Essas almas ficavam caladas e choravam sem lágrimas no calabouço que era para elas o vigoroso corpo de Marilena. Em vez delas, naquele corpo estava crescendo uma alma absolutamente nova, alheia, gorda e voraz, insolente e alegre, ávida e sem cerimônias, espirituosa quando convinha e sombria quando não convinha. Não é segredo que, sobretudo com a idade, às vezes a alma anterior de uma pessoa desaparece, e cria-se uma nova.

A nova alma de Marilena sabia perfeitamente quais jornalistas de quais jornais era preciso convidar para um almoço antes da entrevista, quando podia frequentar o clube de pessoas gordas e oprimidas, e quando dar presentes aos órfãos das firmas (as firmas pagavam em separado).

A dança já não a interessava mais, aquelas duas almas que tinham direito de aparecer por duas horas toda noite, infelizes e solitárias, atrapalhavam todo o esquema dela, não sabiam as regras, que o dia tinha sido difícil, que no dia seguinte o avião saía às seis da manhã, não sabiam contar lucros e prejuízos. Em vez disso, num horário descabido, se lembravam da terra natal, do pai e da mãe mortos, o que travava toda a programação do descanso noturno.

Isso ficou especialmente difícil quando Marilena passou a ter um noivo, um jovem com lábios gorduchos chamado Vladímir, que logo tomou para si a responsabilidade por todas as contas, pagamentos e negociações.

Ele ficava muito irritado porque toda noite Marilena desaparecia por duas horas e depois disso parecia um cavalo exausto, não entabulava nenhuma conversa com ninguém e desligava o telefone.

Tomando em suas mãos toda a vida de Marilena, ele não conseguia entender onde iam parar aquelas duas horas não pagas, e armava escândalos terríveis com ela.

Marilena o amava e pagava a ele um enorme salário, e também deu um emprego para a irmã dele, Nélli; porém, tinha vergonha de contar a ele o que fazia nessas duas horas.

Uma vez Nélli, a irmã, anunciou para ela que Vladímir tinha fechado o contrato de uma gigantesca campanha publicitária de emagrecimento: era a proposta de duas firmas que faziam cirurgias e regimes.

Além do mais, eles pagariam a ela um enorme cachê!

Não podia deixar essa chance passar, disse Nélli, e Vladímir estava viajando a negócios pelas duas Américas e voltaria no final para se encontrar com sua noiva rejuvenescida e magrinha.

— Sim, e eu vou conseguir dançar — disse Marilena, sem pensar que, se emagrecesse, as duas almas dela morreriam de inanição.

Como resposta, Nélli disse que ela também ficaria na mesma clínica de cirurgia plástica e também rejuvenesceria e faria umas mudanças no rosto.

— Assim você não vai sofrer sozinha — brincou Nélli, normalmente soturna.

Levaram Marilena para a clínica onde cirurgiões experientes primeiro a fotografaram de todos os lados, depois esconderam as fotos para causar surpresa, levaram Marilena para algum lugar através de corredores, sempre para baixo, e por fim a trancaram num quarto com todas as comodidades, mas sem janelas.

Marilena não entendeu nada, queria telefonar mas não havia telefone, começou a bater na porta mas não veio ninguém.

Ela começou a bater com insistência, depois simplesmente se jogava contra a porta — lembrem-se de que Marilena trabalhava como mulher forte no circo —, mas tudo foi em vão.

Depois de bater até ficar com as mãos ensanguentadas, Marilena desabou no chão, mas foi então que ouviu uma música distante, como sempre antes do começo de uma dança, e ali mesmo viu sua irmã magrinha, e ela mesma se tornou Maria e começou a rodar com ela.

Pelo visto havia caído a noite, e, amaldiçoando o mundo inteiro, as transtornadas Maria e Lena dançaram com as mãos ensanguentadas de tanto bater.

Elas disseram uma para a outra o que havia muito tempo desconfiavam — que pelo visto esse era o começo do fim, que pelo visto Vladímir havia decidido se livrar de Marilena e se apossar do dinheiro dela, e a clínica era só uma armadilha.

Porém, mal acabou o ensaio, a gorducha Marilena abocanhou o almoço que apareceu no chão, vindo não se sabe de onde.

Depois do almoço Marilena sentiu uma terrível sonolência, teve tempo de pensar que havia sido envenenada e caiu onde estava, perto do armário.

Quando a prisioneira recobrou os sentidos, ela decidiu lutar pela vida e não comer mais nada, só beber água da torneira, mas você sabe como são os gordos — não podem passar nem uma hora sem comida, e ela teve que comer o que havia aparecido no chão perto da porta, uma panelinha de *schi** gorduroso com carne e osso.

Depois disso ela desabou na cama e ficou deitada sem cons-

---

* Sopa de repolho. (N. T.)

160

ciência até despertar com a melodia que anunciava o início de sua dança noturna.

Maria e Lena agora dançavam com dificuldade, uma valsa pesadona, lenta, de despedida, porque estava claro: haviam decidido envenenar a gorda Marilena. A maior parte do tempo as irmãs ficavam falando da morte, rezavam e choravam sem lágrimas, se despediam, lembravam-se da infância, do pai, que se fora tão cedo, da mãe, que havia deixado as filhas logo depois do pai.

E agora o caminho das irmãs levava ao lugar onde estavam suas almas, às terras desconhecidas.

No dia seguinte, a gorducha Marilena não conseguia nem se levantar e ir até a torneira.

Ela estava deitada, esmagada por seu enorme peso, e falava baixinho consigo mesma em diferentes vozes, sendo que uma das vozes era queixosa e acusadora, a outra, boa e carinhosa.

— Se você tivesse aceitado se casar com o feiticeiro, nada disso teria acontecido conosco.

— Sim, e você agora seria uma chaleira.

— Não, nós o convenceríamos, o que você acha? Depois, é melhor viver como uma chaleira do que morrer assim, presas.

— Não se preocupe — respondeu a outra voz, boa e carinhosa —, logo os anjos nos levarão até o papai e a mamãe.

— Não precisamos de nada — berrou Marilena —, nenhum dinheiro, nenhum Vladímir, que nos deixem ir viver nas ilhas Man-Van!

— Quem dera — respondeu brevemente Marilena para si mesma.

E então, aconteceu um milagre: com um rumor suave, uma das paredes se afastou e Marilena, sem acreditar, sentiu a umidade da noite.

No quarto entraram a névoa e o cheiro de jasmim e lilás.

A cama de Marilena estava apoiada com as costas num arbusto de rosas silvestres, e as flores, rosadas e simples, pendiam sobre o travesseiro.

Marilena se levantou com um esforço enorme, se arrastou até o jardim e se jogou na urtiga, e sobre ela caiu uma chuva de orvalho e folhas.

Com sede, lambendo a grama e suas mãos molhadas, Marilena de repente saltou — já estava tocando uma música baixa — e começou a dançar nos arbustos uma certa dança, ora de libélula, ora de mosca, com saltos e voos.

— Entendeu? Estamos no paraíso! — gritou Maria alegremente.

— Ai, já? — começou a chorar Lena, sem lágrimas. — E minha vida? Acabou?

E ali mesmo as duas bailarinas se viram nas patas em forma de pinça de alguém, depois vieram mujiques sem nenhum tipo de asas ou roupas brancas: seguranças normais com revólveres e camisas suadas.

Agarraram as bailarinas e as arrastaram, apesar de elas não resistirem nem um pouco, e só Lena soltou algo como "Ai, isso não é o paraíso".

As prisioneiras, pelo visto, foram arrastadas pelas roseiras crescidas, porque logo seus braços e ombros estavam arranhados e até sangrando, e quando empurraram as irmãzinhas para o guarda e começaram a interrogá-las, a aparência delas era selvagem.

Na mesma hora estabeleceram um protocolo de violação de zona proibida, depois interrogaram as detentas asperamente perguntando se elas podiam pagar a multa no valor de três milhões de rublos ali mesmo, no posto de guarda: aí liberamos vocês, diziam.

— Para onde? — perguntou a branca Maria. — Não conhecemos ninguém aqui, estamos só de passagem! Somos dançarinas do balé!

— Vocês enlouqueceram? — gritou Lena, a morena. — Prendem pessoas sem mais nem menos! Vamos fazer uma queixa!
— Bom, se não têm dinheiro, vocês serão condenadas à prisão perpétua! — disse o guarda desolado. — Quem sabe têm dois milhões? Não é muito dinheiro.
Mas então aconteceu algo estranho — outro guarda se meteu no posto e berrou:
— Quem são essas? Não é ela! Vocês a deixaram ir embora! O que estão fazendo aqui? Nélli está gritando feito uma condenada! Devia ser uma gorda, e aqui... De onde saíram esses cabides esfarrapados? Vocês mesmos vão responder. Ela está vindo para cá!
E de fato entrou no posto de guarda, acompanhada de uma quadrilha de médicos, uma mulher com o rosto enfaixado, e só era possível reconhecê-la pela voz baixa e sinistra.
— Onde está? Onde está ela? Isso? Vocês querem ir para os trabalhos forçados? Foram contratados para quê? Para, assim que ela saísse, pegá-la imediatamente e matar em legítima defesa! Quem são essas que vocês estão me apresentando?
— A senhora entende, elas estavam de pé, no mesmo lugar onde a parede se abre... Essas duas bisbilhoteiras... — o segurança se justificou. — E não havia mais ninguém.
— Como não havia, seu vigarista? Como não havia, seu infrator? Vou te deportar para Man-Van! O que foi, esqueceu qual é a sua sentença? Vladímir fez de tudo por você, te salvou da forca, e você? O que estão fazendo aqui? Passem um pente-fino em todo o jardim! Levem essas duas para lugares diferentes e interroguem ambas, pode ser que tenham visto algo.
Com isso, Nélli e o bando de médicos se foi. No quarto ficou o chefe da guarda, o mesmo que estava exigindo milhões.
Ele disse, com um sorriso doce:
— Agora vocês vão me contar tudo! Eu tenho cada méto-

do... Que métodos... Ainda vão confessar que vocês mesmas mataram e devoraram a moça gorda... E crua, ainda por cima. Não há outra saída... E vão ser executadas! E nós vamos receber três milhõezinhos pelo trabalho... Mesmo assim era preciso matar Marilena por acidente... Escutaram? E ainda mais porque a gorda estaria cheia de drogas. E ia matar um de nós aqui. Quem estava olhando não sabia... Comanda tudo, está ocupado com os negócios... É uma pena que não deu certo... Mas agora é até mais fácil... Eu tenho cada tortura terrível! Vocês vão ficar admiradas. Melhor confessarem logo para não sofrer antes da forca... Vocês a comeram mesmo?

Mas aí parece que já haviam passado as duas horas de dança, porque Maria foi irresistivelmente arrastada para Lena e vice-versa, e o segurança ficou no meio delas.

— O que é isso? — ele começou a berrar. — Para onde vocês vão? O que deu em vocês? Vou atirar! Parem!

Mas Lena e Maria já estavam se fundindo com os braços ao redor dele.

Então ele puxou uma faca do cinto e começou a golpear às cegas.

Depois do primeiro golpe, quando ele cortou a mão de Maria da mão de Lena, elas sentiram que já não precisavam uni-las.

As bailarinas ensanguentadas, arranhadas, ficaram de pé olhando uma para a outra, e o segurança desapareceu.

— Você sabe o que aconteceu? — começou a berrar Lena, emocionada —, é a profecia do feiticeiro! Quem tentasse nos separar se transformaria num bacilo de disenteria!

— Que nojo — disse Maria —, vamos correr daqui, só falta a gente ficar doente.

Surpresas, elas olharam para o chão onde, segundo a profecia, devia estar rastejando um micróbio de disenteria gordo e com bigode, e saíram dali.

Às vezes um mal vence outro, e menos com menos dá mais! Ninguém as deteve.

Elas saíram correndo para o jardim, passaram muito tempo vagando por arbustos molhados até encontrar um portão onde havia um porteiro pronto para tudo.

— Corram, uma tiazinha gorda está andando com uma faca por ali, ela ameaçou nos esfaquear!

— Gorda? — animou-se o porteiro, e correu para o telefone.

Lena e Maria saltaram pelo portão e se viram em liberdade.

Elas correram a toda a velocidade para longe daquele lugar maldito, passaram muito tempo correndo até chegarem à estação de trem tão conhecida.

Para onde iria uma pessoa sem teto...?

Ali elas se lavaram, primeiro numa poça atrás dos arbustos (via-se que naquela noite havia caído uma chuva forte na cidade), depois no banheiro.

Alguns arranhões na testa e nos braços não contavam — mendigos errantes levam vários golpes!

Na estação, Lena e Maria folhearam alguns jornais jogados nas lojas e ficaram sabendo que, para o dia seguinte, era esperado o retorno triunfal da gorducha Marilena, a estrela do circo recauchutada, que agora pesava cinquenta quilos em vez de cem.

Ali havia uma foto da novíssima Marilena (sem dúvida a secretária Nélli, mas com dentes maiores e pálpebras alargadas, que a deixavam vesga como um buldogue, fazer o quê?), e a propaganda da maravilhosa clínica onde, em três dias, faziam para a pessoa um novo corpo e recuperavam o organismo com uma nutrição ideal à base de ervas.

Também anunciavam que Marilena estava saindo do circo para uma nova vida, já que não conseguia mais levantar peso e comer um carneiro, e já não era a mulher mais gorda do mundo, nem a campeã das ilhas Man-Van.

Mas, em compensação, agora ela havia comprado a clínica de emagrecimento e o instituto de nutrição à base de ervas, para onde havia nomeado, como diretor, seu marido Vladímir — eles estavam casados havia muito tempo, mas escondiam, já que uma grande artista não pode pertencer a um só, ela pertence a todos.

Ainda por cima, a nova Marilena havia inaugurado um museu da Marilena gorda, onde seriam expostos todos os objetos da levantadora de peso gorducha, entre eles suas roupas íntimas e fotografias com o marido Vladímir.

Além disso, também havia fotografias da transformação gradual da Marilena de cara gorda para a Marilena emagrecida — era uma clara montagem forjada e falsificada, e tanto Maria quanto Lena sabiam disso muito bem. Mas o que não se consegue fazer na fotografia hoje em dia com sobreposição de negativos e a arte dos retoques!

Ali também havia uma entrevista com Vladímir no carro da família, um Rolls King Size Royce (tamanho de rei, feito sob encomenda para a antiga Marilena, mas não iam jogar fora), e no fundo o novo palácio e a clínica de onde as duas irmãs haviam fugido naquela mesma noite.

— Mas com que esperteza ele armou tudo! — disse Maria.

— Que bom que não falamos nada sobre a dança para ele! — disse Lena. — Foi graças a você, que tinha vergonha de que nosso noivo descobrisse que tinha duas noivas.

Elas ficaram caladas, de pé na estação deserta àquela hora da noite.

— O que fazer então? — perguntou Lena.

— Dançar — disse Maria.

— Sim, você se lembra da história da Cinderela de Evguêni Chvarts?* Em qualquer situação difícil, é preciso dançar!

---

* Refere-se ao filme musical *Cinderela* (*Зо́лушка*), de 1947, que contou com o escritor Evguêni Chvarts como roteirista. (N. T.)

Elas pararam na primeira posição e, depois de falar baixinho a frase mágica "Um, dois, três, vamos lá", puseram-se a dançar. Ali, em volta delas, se formou um pequeno círculo de mendigos da noite, vendedores e passageiros insones com malas, sacolas e crianças. Todos começaram a bater palmas alegremente e jogaram ali mesmo moedas miúdas (pessoas ricas não ficam na estação de trem à noite).

Depois de recolher o dinheiro depressa (onde existe multidão, há policiais com cassetetes), as bailarinas abandonaram seu palco temporário, compraram passagens para o próximo trem e deixaram aquela cidade terrível onde haviam tido tantas aventuras graças a sua beleza e seu talento.

E um ano depois as irmãs LenMary já brilhavam numa cidade vizinha no teatro de variedades mais caro com seu magnífico talento, e agora eram acompanhadas para todo canto por um segurança, um velho com uniforme de general (os generais eram muito temidos), e elas tinham uma casa à beira-mar e contratos para ir a todos os países do mundo, inclusive as misteriosas ilhas Man-Van.

Aliás, entre os espectadores assíduos se encontra o feiticeiro, que lhes manda flores, coroas de pérolas e leques de pena de pavão; ele tem um gosto estranho e tem medo das irmãs e de sua madrinha desconhecida, a fada Pão com Manteiga, já que entende que os feitiços dele não deram certo.

Agora ele aprecia esse amor à distância, secreto e seguro, sem as mágoas de uma rejeição.

Sobretudo porque a desconhecida e ameaçadora Pão com Manteiga ainda pode puni-lo por suas brincadeiras anteriores.

Por estranho que pareça, um certo Vladímir costuma escrever cartas para as irmãs.

Ele escreve que se apaixonou por Maria e por Lena à primeira vista, que não pode escolher nem uma nem outra, e propõe se casar com uma de cada vez.

Enquanto isso, encontra-se numa situação financeira difícil, já que foi cruelmente roubado por sua esposa Marilena, que passou todas as propriedades para o nome dela e fugiu não se sabe para onde — e na clínica que ele, Vladímir, chefiava, se instalou um micróbio de disenteria maligno, e por ordem do governo foi preciso incendiar a clínica luxuosa! Assim, no momento Vladímir pede uma ajuda temporária na forma de empréstimo de uns trinta milhões, com devolução depois de quarenta e nove anos.

E toda vez vêm anexadas fotos de Vladímir de calção de banho, de smoking num baile, de suéter com gola alta lendo um livro, depois de capa de couro e chapéu perto das ruínas esfumaçadas da clínica, com um sorriso triste no rosto pálido.

É verdade que as irmãs não leem essas cartas. Quem as lê no tempo livre e com muito interesse é o velho general, depois ele as enfia numa pasta, coloca um número e põe na prateleirinha de um armário, com a esperança de um dia fugir para um lugar tranquilo e ali, na tranquilidade, escrever um romance, ilustrado com fotos, sobre a surpreendente força do amor de um jovem, V. O título será *Os sofrimentos do jovem V.*

O testamento do velho monge

Um certo velho monge entrou num mosteiro nas montanhas com uma caixinha de dinheiro trocado que havia juntado para a casa. No mosteiro, afastado de todas as estradas, as coisas iam mal. Era preciso pegar água num riozinho no fundo de um desfiladeiro, a comida consistia em restos de pão e panqueca seca, coletada na forma de esmola em aldeiazinhas dos arredores, avarentas e sem Deus, e por isso os monges se abasteciam na floresta com frutas silvestres e castanhas, frutinhas vermelhas e ervas, e também procuravam mel e cogumelos.

Para os monges seria um trabalho vão cultivar uma horta naquele local, alguém sem falta a encontraria e viria à noite com uma pá e uma telega pegar a colheita já madura — eram esses os costumes.

Por isso os camponeses tinham uma relação furiosa com os forasteiros e pedintes (com os vizinhos também), vigiavam seus canteiros com armas, as famílias montavam guarda, e depois tentavam enterrar as verduras em galpões.

O coitado do mosteiro, que ficava sem vigilância na floresta deserta, esse eles visitavam, os rapazes da região precisavam de dinheiro para beber, e no final das contas os monges começaram a se virar com quase nada: latas de conserva para ferver a água, um montinho de palha para dormir, esteiras para se cobrir — e o mel, as frutinhas e as outras caças da floresta eles escondiam ali mesmo, na floresta, no oco das árvores, como esquilos. Eles se aqueciam com ramos secos, já que até o machado e a serra tinham sido roubados.

No final das contas, o regulamento dos monges era esse — trabalhar apenas nos campos de Deus, apenas para Ele, e se virar com o mesmo que comem os pequenos animais não predatórios.

Não comiam nem peixe, nem carne, e louvavam cada dia de sua vida.

Mas eles precisavam de uns trocados para velas e óleo para as lamparinas caseiras de lata, para o conserto do teto, digamos, ou às vezes para comprar algo para uma pessoa muito pobre — um remédio, por exemplo.

Para que não roubassem os ícones, os monges cobriram o templo com argamassa úmida, cobriram de forma tão admirável que houve até tentativas de tirar essa camada, mas foram malsucedidas, e a tarefa se revelou desumana — para isso era necessário ter experiência de museu, amor ao trabalho, atenção: e onde já se viu ladrão com amor ao trabalho?

No inverno fazia um frio tão intenso que faltavam galhos secos, mas os monges se recusavam a arrancar galhos de árvores vivas. Mas a fome e o frio não são desgraça para um monge, e nos meses de inverno o pequeno mosteiro ainda por cima descansava dos ladrões.

Quem ia se arrastar entre a neve e as montanhas até um templo coberto de gelo? Porém, toda manhã os monges tocavam, não o sino, esse tinha sido levado e vendido como metal colorido, mas uma viga de ferro.

Era uma viga antiga — antes o sino ficava pendurado nela —, e os ladrõezinhos locais não conseguiam tirá-la nem com uma picareta.

Os monges batiam na viga com um pedaço de sucata que escondiam com cuidado; era sua única arma contra, digamos, animais selvagens, e para quebrar o gelo e o riozinho congelado, para abrir trilhas nos rochedos.

Os locais não estavam lá muito interessados em caçar esse pedaço de ferro, havia poucos voluntários para levá-lo pelas montanhas e a venda renderia uma miséria.

Assim, toda manhã, vindo do mosteiro, se propagava pelas árvores vizinhas o melancólico som do metal na viga, mas ninguém naquela região era tão estúpido a ponto de se arrastar até lá para rezar.

Quem chamaria o médico para uma pessoa saudável, quem consertaria algo que não estava quebrado, para que fazer pedidos a Deus se está tudo em ordem? Rezar num enterro, sim, batizar, acender uma vela nos feriados — isso era sagrado, mas só bater a testa e balançar os braços ninguém ali estava disposto, com as poucas exceções de umas dez velhas surdas e um par de tiazinhas beatas que, evidentemente, não tinham nada para fazer. Ainda se arrastavam até os monges os que estavam entregues ao luto, mas o luto é algo passageiro; mais dia, menos dia, a pessoa se recupera.

No templo rezavam os próprios monges, rezavam por todos os habitantes, passavam muito tempo rezando pelos pecados dos outros.

O mosteiro vivia de forma tranquila, amigável e silenciosa, e o pároco do mosteiro, o velho Trífon, se entristecia sobretudo porque os dias dele estavam chegando ao fim e não havia ninguém para levar o mosteiro adiante — os outros monges não queriam assumir a responsabilidade, se consideravam indignos disso, até reprovavam qualquer ideia de autoridade sobre os outros.

O velho Trífon falava com Deus o tempo todo, ininterruptamente, ninguém o distraía dessa atividade, talvez só nos feriados.

A população local adorava feriados, todos vinham passear, até traziam vinho e petiscos, e se espalhavam em acampamentos pela floresta, e os monges depois passavam muito tempo limpando o local.

Além de casamentos e enterros, também era costume celebrar batizados com os monges.

Mas as pessoas não gostavam de se deslocar para aquela lonjura — havia muito tempo já falavam de fazer uma filial do mosteiro no povoado central, para velórios, batizados e casamentos —, e ninguém precisava de mais igreja.

Era só subir uma capela e questão resolvida.

Mas para isso seria necessário gastar dinheiro, e gastar, ainda mais coletivamente, disso os habitantes não gostavam, em torno desses preparativos que envolviam dinheiro sempre havia um roubo generalizado.

E assim às vezes até chamavam Trífon; ele ia, celebrava a missa, enterrava, e depois circulava pela casa e recolhia esmola para o mosteiro.

As pessoas entregavam dinheiro para o velho monge a contragosto, desconfiando que ele fizesse o que elas mesmas faziam: ou seja, tentar enriquecer às custas dos outros.

Não se pode dizer que o povo da planície vivia na miséria. Os negócios não iam mal, há tempos não havia guerras, incêndios, inundações, secas, epidemias, o gado procriava, as hortas davam safras abundantes e os barris de vinho não se esvaziavam.

Pode-se dizer que prosperidade fora concedida àquela região.

Porém, no que tange a costumes e regras, nem tudo ia muito bem: nesse local, por exemplo, não gostavam de doentes, simplesmente não suportavam, consideravam-nos uns parasitas. Sobretudo se o doente fosse estranho, não fosse próximo — vamos supor, um vizinho ou um parente distante. Quando era da família, eles ainda aguentavam, mas também não muito. Quando alguém adoecia, começavam a acusá-lo, a culpá-lo. Os remédios eram caros, era preciso pagar o médico, e assim tratavam as pessoas com métodos populares, faziam sangria, e depois levavam para um banho a vapor, ou então só as carregavam para a floresta e as deixavam lá. Achavam que, se a pessoa morresse na floresta, iria diretinho para o céu.

Os monges visitavam esses abandonados, quando era possível: levavam para o mosteiro. Mas o que podiam dar para um moribundo? Água quente com frutinhas secas, uma colher de mel...

As pessoas lá de baixo, nos povoados, não aprovavam isso, as pessoas fortes e simples não previam que em algum momento elas também teriam que deitar no musgo na floresta e ali esperar pela morte.

O velho monge vagava sem cansar pelas estradas, passava pelos povoados, pelas cidadezinhas, ficava de pé no sol e no frio, pequeno e mirrado, e sussurrava uma prece, e na caixinha dele pingava um troco escasso.

A propósito, naquela cidade simplesmente não toleravam mendigos, e em vez de esmola os enchiam de sermões e perguntas zombeteiras.

Mas a todas as perguntas — se ele era mesmo um monge, se sua barba estava bem grudada, se ele não levaria para outro lugar aquele dinheiro suado e gastaria os cinco copeques em bebida no bar —, Trífon respondia como se estivesse longe, com uma prece, com insinuações e brincadeiras.

Uns engraçadinhos locais até iam escutá-lo de propósito, eles gargalhavam com satisfação ao ouvir as palavras de uma oração, como se ela fosse apenas uma possibilidade para se esquivar e se justificar.

O monge dormia ali mesmo, onde pedia, numa vala, não saía de um lugar por vários dias — e já na noite do primeiro dia umas mulheres caridosas (toda família tem sua ovelha negra) levavam para ele, debaixo do avental, para que ninguém visse, pedaços de pão, frutos da horta, ou até uma tigela de mingau quente.

Algumas pessoas, olhando-o adormecido de madrugada, cobriam-no com lona de saco, especialmente se estivesse chovendo.

Outros ficavam perto dele, sentavam, reclamavam da vida, rezavam.

Uma dessas idas à cidadezinha terminou de forma lamentável. Trífon quase não juntou dinheiro, e ainda por cima à noite dois passantes tomaram sua caixinha de trocados, jogaram-no na terra, com mãos rudes apalparam suas roupas, e quando ele disse: "Deus esteja com vocês", eles simplesmente bateram em sua cabeça, pegaram a caixinha e levaram embora.

Trífon ficou triste pela caixinha, que havia sido feita muitos anos antes pelo antigo abade do mosteiro, o santo padre Antoni, pouco antes de sua morte.

Deitado na terra, derrotado, ele escutava os ladrões brigando, ao virar a esquina, sobre quem ia abrir a caixinha. Largaram-na no chão, o trocado se espalhou, eles começaram a iluminar com um isqueiro, viram a insignificância de butim, ficaram com raiva e voltaram para tirar do velho sua riqueza. Arrancaram sua batina, começaram a apalpar, de novo não descobriram nada. Então começaram a chutar o velho com força.

Deixaram-no vivo, mas de manhã, quando Trífon voltou a si, viu que a batina estava despedaçada, e a caixinha, pisoteada.

O velho se levantou, juntou um punhado de moedas miúdas que os bandidos haviam desprezado, amarrou-as num pedacinho da batina, amarrou um pedaço maior na cintura e com essa aparência, ensanguentado e sujo, se arrastou até o rio para limpar as feridas.

Lá, as primeiras lavadeiras da manhã o reconheceram, ficaram horrorizadas, levaram-no até uma velha bondosa e ela começou a tratá-lo, com lona de um saco costurou uma nova batina para ele e mandou que saísse da cidadezinha — ali não havia como protegê-lo.

Os dois ladrões noturnos eram famosos por toda a cidade, havia muito tempo circulavam à vontade pelas ruas, roubando e matando, e ninguém tocava neles, já que o pai de um deles era juiz.

O juiz havia expulsado o filho de casa por roubo doméstico, e então o moleque pródigo decidiu envergonhar o pai e ir preso — nesse caso o juiz também seria expulso de seu honrado cargo.

No entanto, o pai não queria largar seu ganha-pão, e por isso deu ordem para que os desmandos do rapaz fossem ignorados. Decidiram não ceder às provocações e não prender aquele espertinho.

A morte anda por onde não há juiz — e a morte se instalou na cidade. Gente espancada morria, na rua ou na famosa floresta do Paraíso, e não havia julgamentos ou investigações. Todos tinham medo de buscar a verdade, ninguém se queixava por roubo ou furto, porque as próprias pessoas que haviam apresentado a queixa eram presas e levadas para fora da cidade.

O monge ficou sabendo de muita coisa deitado no colchão de palha na casa da velha bondosa. Até lhe contaram que ali perto morava uma mulher inconsolável cujo marido fora morto quando levava o filho para o médico em outra cidade tarde da noite. A própria mãe também estava de cama em casa, com febre. E, pelo visto, o marido tinha encontrado, na estrada, aquela duplinha terrível — eles eram chamados de Branco e Ruivo.

O menininho doente ficou gritando ao lado do corpo do pai até o amanhecer, e depois eles foram encontrados pela mãe, que, ao ver que o marido e a criança não voltavam, levantou-se com dificuldade e foi andando pela mesma estrada, justamente para o hospital da cidade vizinha.

Agora aquela mulher, depois de enterrar o marido morto, não tinha como se sustentar, e a criança não melhorava, e ela ficava sentada de propósito perto do tribunal da cidade e pedia esmolas na frente de todos, mas as pessoas tinham medo de lhe dar dinheiro.

Assim que conseguiu ficar de pé, o monge foi logo para o prédio do tribunal, entregou sua trouxa miserável de moedas para aquela mulher, e disse:

— Amanhã de manhã vocês dois devem partir na direção do mosteiro das montanhas pela estrada que cruza o rio. Nos encontraremos perto de uma pedra grande, vou estar lá deitado de costas perto de um pinheiro jovem. No começo estarão comigo os dois jovens, Branco e Ruivo, e eu vou estar deitado com uma faca quando você chegar. Você precisa ficar perto de mim por trinta dias. Depois de um mês, seu filhinho vai se recuperar.

A jovem mendiga apertou o saco de moedas contra o peito e beijou a borda da batina do monge.

E ele foi vagar pela cidade e, no final das contas, achou o que procurava: um bar nos limites da cidade.

Lá estavam os dois pilantras, o Branco e o Ruivo, com roupas berrantes de caubói e correntes de ouro por todo canto, e em volta deles flutuavam as sombras dos mortos — isso ninguém além do monge via.

As sombras dos mortos flutuavam tristes e silenciosas — pequenas sombras de crianças, sombras de meninas com vestidos mortuários, com pequenas coroas de flores na cabeça, sombras encurvadas de velhos, havia uma infinidade dessas.

As sombras de dois homens ensanguentados esvoaçavam sem descanso — esses, pelo visto, ainda não tinham sido enterrados. Os ladrões estavam insatisfeitos, em seus rostos transpareciam tristeza e raiva: havia muito tempo ninguém saía de casa depois do pôr do sol e, se o fizesse, era com acompanhantes, quase em bandos, e ainda assim com espingardas. O povo ali não era bobo.

Da última vez só haviam conseguido matar dois — um jovem mujique que corria junto com o médico rumo ao lugar onde sua mulher estava dando à luz, e depois todos nos arredores cochicharam a respeito. A criança, quando veio ao mundo de manhã, já nasceu sem pai.

Mas o problema foi que nem o médico, nem seu acompanhante tinham dinheiro, e naquele dia os piadistas da estrada estavam sem um copeque.

Estavam sentados e bebendo — tinham trazido à mesa uma jarra cheia de vinho para eles.

Mas eles sabiam que, à luz do dia, não deixariam que saíssem do bar sem pagar, alguém gritaria, uma multidão viria correndo, no melhor dos casos bateria neles e tiraria todo o ouro que eles traziam no pescoço e nos dedos.

Até os guardas se arrastarem para lá já estaria tudo terminado.

A tensão crescia.

Em volta do barman já se juntava um grupinho de pessoas — o cozinheiro enorme, o garçom grosseiro, por alguma razão com um machadinho na mão, e o bobo local, um rapagão peludo com olhos pequenos, punhos grandes e sorriso largo.

Os locais não gostavam do filho do juiz. O monge se aproximou dos dois frequentadores sombrios e se sentou exatamente de frente para eles, na mesinha ao lado.

Ele pediu um copo de vinho e disse alto para o garçom:
— Você tem troco para uma moeda de ouro? Estou indo para o mosteiro e levo uma boa notícia: um pecador nos deixou de herança um caldeirão cheio de ouro!

O garçom não era bobo e sabia que todos os monges eram uns vigaristas, se faziam de pobres, se faziam de mendigos, mas iam vivendo! De quê?, era a pergunta.

O garçom deu um sorriso falso e disse:
— Troco por enquanto não tem. Os clientes não pagaram.
— Vou esperar, Deus te guarde — respondeu o velho pacificamente.

Na mesinha ao lado, toda a conversa foi ouvida muito bem, quatro ouvidos se apuraram, dez dedos se fecharam.

Quando o monge se levantou, sem tocar o copo, e mancou um pouco até a porta, o garçom não foi atrás dele porque quem estava fazendo isso era a dupla que acabara de beber uma jarra de vinho sem pagar.

No caminho disseram para o garçom:
— Vamos pagar em dobro, mas amanhã.

Ele deu de ombros:
— Eu ainda não fiquei louco. Deixem uma garantia, depois vocês vão embora.

Enquanto estava claro havia transeuntes, carroças e automóveis na estrada, e o monge era uma figura notável demais por aquelas bandas, as pessoas o cumprimentavam, ele abençoava as costas de quem passava por ele, ninguém tinha tempo de tagarelar sobre assuntos divinos com Trífon.

Toda a cidade viu que o monge estava saindo, e toda a cidade sabia que o monge estava levando ouro, e ainda por cima não tinha trabalhado por ele, era de outra pessoa. E que o monge havia bebido uma jarra inteira de graça disso todos também sabiam.

Ninguém estremeceu ao ver como aqueles dois descaradamente acompanhavam o monge dez passos atrás. Os dois andavam numa exaltação compreensível — pouco antes, no bar, o garçom, brincando com o machadinho de cortar carne, havia pegado uma corrente de ouro e um relógio.

Toda a cidade também sabia que esses dois deviam retornar muito depressa ao bar, assim que escurecesse. E que o monge voltasse para o mosteiro como um mendigo, e ainda por cima espancado e com vergonha, ele bem que merecia.

Mas tudo acabou acontecendo de outro jeito.

De manhã a mulher saiu da cidade levando nos ombros seu filho imóvel. Ela andava com passo firme e não deu passagem quando vieram da floresta na direção dela duas figuras banhadas em sangue com roupa de caubói.

Mas por algum motivo a mulher e a criança sobreviveram, e no posto de guarda apareceu o filho do juiz, que confessou haver matado o monge, mas que o amigo não tinha nada a ver com aquilo.

Como sempre, não o escutaram, ficaram entediados, deram as costas e foram para seus gabinetes.

Porém, ninguém sabia que entre a mulher e os dois assassinos, ali, na estrada, havia acontecido uma conversa.

Bloqueando o caminho dela, um deles disse:

— Para onde vai uma moça dessas?

— O monge Trífon está me esperando — respondeu a moça, empalidecendo.

— O monge? — os dois devolveram a pergunta e se entreolharam.

— O monge Trífon, que pedia esmola.

— Ele não está esperando por você — replicou maliciosamente o primeiro, e sua mão, com sangue seco debaixo das unhas, tocou o seio da mulher.

— Ele está esperando por mim — respondeu ela, se afastando, e tirou a criança dos ombros. — Ele está esperando na estrada que cruza o rio, embaixo do jovem pinheiro, está deitado de costas com uma faca no lugar onde há uma pedra grande.

— Como você sabe? — perguntou com voz abafada o primeiro.

— Ele disse que vocês dois, o Branco e o Ruivo, o encontrariam lá... Perto da pedra. E que ele estaria lá deitado com uma faca.

— E ela então imediatamente adivinhou o que havia acontecido, e terminou com firmeza: — Trífon disse que vocês o matariam lá, e deixariam a faca no coração!

— Ele disse isso? — perguntou de novo o Ruivo, rindo, inquieto.

— Sim! E ele mandou que eu ficasse sentada ao lado dele por trinta dias. Que rezasse. Depois meu filho andaria.

Ela pôs o filhinho na estrada, e as pernas dele fraquejaram. Ele não conseguia ficar de pé.

— Adeus — disse a mulher, levantou a criança nos ombros e pôs-se a caminho.

Os dois, sem olhar um para o outro, foram para a cidade. E a declaração deles foi tão obstinada e insistente que dois dias depois os guardas foram para a estrada que cruza o rio para reunir material — mas nada encontraram.

Perto da pedra grande sob o jovem pinheiro só havia um monte de terra seca, e sobre ele queimava uma vela de um copeque.

Ali, três monges liam orações e uma mulher pálida como a morte estava sentada, apertando uma criança contra si. Ao lado, na fogueira, cozinhavam cogumelos numa lata.

Mesmo assim os dois jovens insistiram, exigindo pena de morte para si mesmos — eles disseram o lugar e hora do assassinato e exibiram suas unhas marrons de sangue.

Além disso, eles enumeraram cento e vinte e três crimes e até levaram a polícia ao receptor das coisas roubadas, porém esse homem declarou que não os conhecia. E ainda assim, com muito gosto, trouxe para todos uma garrafa de seu vinho particular, do porão de sua casa recém-construída.

Puseram os ladrões no olho da rua, e eles sumiram da cidade.

Os assassinatos e roubos pararam de acontecer.

Um mês depois, a dupla entrou na cidade — em plena luz do dia passava pela rua a jovem viúva trazendo o filho pela mão. Ele andava devagar, mas mesmo assim andava sozinho!

A mãe e a criança percorriam a cidade, e as mulheres que vinham ao encontro delas, como girassóis, voltavam a cabeça, seguindo-a, e passavam muito tempo assim, petrificadas.

— O rapazinho está andando — cochichavam as bocas.

Então, as mães, esposas e filhas dos doentes (e não poucas na cidade) ficaram sabendo do milagre que ocorrera, e todas foram bater na porta da casinha da viúva, e para todas ela dizia a mesma coisa, que havia passado um mês com o filho perto do túmulo do santo monge Trífon, que por acaso havia pendurado no pinheiro o casaquinho do filho e ele na mesma hora se levantou.

Um mês antes ela estava andando pela estrada que cruza o rio rumo à pedra grande e ali viu, deitado de costas com uma faca no peito (ele estava segurando a faca com a mão), o monge moribundo, que recobrou a consciência e os abençoou, depois pediu que ela chamasse seus colegas do mosteiro, se despediu de todos e pediu que o enterrassem ali mesmo, perto da pedra.

Para a própria mulher ele não disse nada, mas ela se lembrou do testamento dele, o pedido de que ficasse um mês ao seu lado. A mulher tinha medo de que os dois ladrões aparecessem, e toda noite acendia uma fogueira, durante um mês, depois chegou o verão, fez um calor enorme, ela pendurou o casaquinho do filho no pinheiro — e o menino se levantou.

Toda a cidade ficou feito louca, levavam a criança de casa em casa, não a deixavam andar, verdadeiros cortejos se deslocavam pela estrada que cruza o rio, levavam os doentes, iam fazer pedidos para o santo Trífon, uns pediam um noivo, outros, riqueza, outros, libertação da prisão, e outros ainda punição divina para um vizinho descarado.

Os monges do mosteiro das montanhas levantaram uma capela no túmulo santo. Muita gente passou a ir até lá, logo o prefeito construiu um hotel para os recém-chegados de outros lugares, estabeleceram a venda de água do riozinho, cercaram o pinheiro, começaram a cobrar pela entrada, mas nada disso afetou o mosteiro. Os monges viviam a mesma vida de antes, não comiam nada e distribuíam todos os bens entre os pobres.

Logo ficou claro que o monge não ajudava a todos, mas só os honestos, puros, desafortunados, principalmente viúvas e crianças. Mas acorriam todos os que precisavam de algo, o fluxo não pararia — e depois, me diga, quem não é honesto, puro e desafortunado nos nossos tempos? E que velha não é uma viúva com filhos, eu te pergunto?

A propósito, o número de monges cresceu — havia quinze, passou para dezessete, e os dois novos nunca se mostravam para as pessoas, eles rezavam dia e noite no templo das montanhas, sem se decidir a descer pela estrada que cruza o rio até o túmulo do velho que eles haviam matado e que os havia salvado com sua morte.

O sobretudo preto

Uma moça de repente se viu na beira de uma estrada, durante o inverno, num lugar desconhecido: como se fosse pouco, ela estava vestida com o sobretudo preto de outra pessoa.

Sob o paletó, ela olhou, havia uma roupa esportiva.

Nos pés, calçava tênis.

A moça não se lembrava de jeito nenhum quem ela era e como se chamava.

Ela estava de pé e congelando numa rodovia, ao anoitecer.

Em volta era só floresta, e estava escurecendo. A moça pensou que era preciso ir para algum lugar, porque estava frio e o sobretudo preto não esquentava por completo.

Pôs-se a andar pela estrada.

Enquanto isso, apareceu um caminhão numa curva. A moça levantou o braço, e o caminhão parou. O motorista abriu a porta. Já havia um passageiro na cabine.

— Para onde você vai?

A moça respondeu a primeira coisa que lhe veio à cabeça.

— O senhor vai para onde?

— Para a estação — respondeu o motorista, rindo.

— Eu também vou para a estação. (Ela se lembrou que era preciso sair da floresta, de fato, ir para alguma estação de trem.)

— Vamos — disse o motorista, ainda rindo. — Se é para a estação, vamos lá.

— Eu não vou caber — disse a moça.

— Vai caber, sim — riu o motorista. — Meu camarada aqui é só osso.

A moça subiu na cabine, e o caminhão partiu. O segundo homem na cabine deu lugar, carrancudo. Não era possível ver nada do rosto dele debaixo do capuz puxado.

Eles corriam pela estrada escura no meio da neve, o motorista estava calado, sorrindo, e a moça também estava calada. Ela não queria perguntar nada, para que ninguém notasse que ela havia esquecido tudo.

Por fim, eles chegaram a alguma plataforma iluminada por postes, a moça desceu, a porta bateu atrás dela, o caminhão arrancou.

A moça subiu na plataforma, entrou num trem que se aproximou e partiu para algum lugar.

Ela lembrou que era preciso comprar a passagem, mas nos bolsos, como se verificou, não havia dinheiro: só fósforos, algum papel e uma chave.

Ela ficou com vergonha até de perguntar para onde ia o trem, e também não havia ninguém, o vagão estava completamente vazio e mal iluminado.

Mas no final das contas, o trem parou e não foi mais para lugar nenhum, e ela precisou sair.

Pelo visto era uma estação grande, mas naquela hora estava completamente deserta, com as luzes apagadas.

Em volta tudo estava revirado, apareciam algumas recentes valas horríveis, ainda não cobertas pela neve.

Só havia uma saída, caminhar por um túnel sob a plataforma, e a moça desceu os degraus para chegar até lá.

O túnel também se revelou escuro, com o chão irregular e em declive, só que das paredes brancas ladrilhadas saía alguma luz.

A moça correu pelo túnel com facilidade, quase sem tocar o chão, voando como num sonho, passou pelas valas, pás, caçambas; ali também estavam fazendo uma reforma, pelo visto.

Depois o túnel chegou ao fim, diante dela havia uma rua, e a moça, ofegante, saiu para o ar livre. A rua também se mostrou vazia e meio destruída. Nas casas não havia luz, em algumas não havia nem teto e janelas, só buracos, e no meio da parte transitável sobressaíam barreiras temporárias: ali também estava tudo escavado. A moça estava de pé na beira da calçada, com seu sobretudo preto, e congelando.

Então, de repente um pequeno caminhão se aproximou dela, o motorista abriu a porta e disse:

— Suba, eu te levo.

Era o mesmo caminhão, e ao lado do motorista estava o mesmo homem de sobretudo preto e capuz.

Mas, desde o encontro anterior, o passageiro de sobretudo preto parecia ter engordado, e quase não havia espaço na cabine.

— Não tem lugar aqui — disse a moça, subindo na cabine. No fundo da alma ela se alegrou por ter encontrado milagrosamente aqueles velhos conhecidos.

Eram os únicos conhecidos dela naquela vida nova e incompreensível que agora a rodeava.

— Vai caber — riu o motorista, alegre, voltando o rosto para ela.

A moça de fato coube com uma facilidade incomum, até

185

sobrou um espaço vazio entre ela e o vizinho sombrio, verificou--se que ele era absolutamente magro, só o sobretudo preto dele que era muito largo.

E a moça pensou: "Vou pegar e dizer que não sei de nada".

O motorista também era muito magro, senão eles não se acomodariam com tanta facilidade naquela cabine apertada do caminhãozinho.

O motorista era muito magro e com o nariz incrivelmente arrebitado, de forma quase monstruosa, com o crânio sem um fio de cabelo. Além disso era muito alegre: estava sempre rindo, e ao rir mostrava todos os seus dentes.

Pode-se até dizer que ele não parava de gargalhar de orelha a orelha, sem fazer barulho.

O seu companheiro continuava escondendo o rosto nas dobras do capuz, e não dizia uma palavra.

A moça também ficava calada: sobre o que ia falar?

Eles viajavam pelas ruas noturnas, completamente vazias e esburacadas; as pessoas, pelo visto, já estavam dormindo em suas casas há tempos.

— Para onde você precisa ir? — perguntou o brincalhão, rindo de orelha a orelha.

— Preciso ir para casa — respondeu a moça.

— E isso é onde? — perguntou o motorista, gargalhando sem som.

— É... Vá até o fim dessa rua e vire à direita — disse a moça, hesitante.

— E depois? — perguntou o condutor, sem parar de mostrar os dentes.

— Depois, sempre em frente.

Assim respondeu a moça, no fundo da alma com medo de que lhe pedissem um endereço.

O caminhão corria sem o menor ruído, ainda que a estrada fosse horrível, cheia de buracos.

— Para onde? — perguntou o homem alegre.
— É aqui, obrigada — disse a moça, e abriu a porta.
— E o pagamento? — exclamou o motorista escancarando o bocão além da conta.
A moça procurou nos bolsos e novamente descobriu um papelzinho, fósforos e uma chave.
— Eu não estou com dinheiro — confessou.
— Se não tem dinheiro, não tinha nada que ter subido — começou a gargalhar o motorista. — Da primeira vez não pegamos nada, e pelo visto você gostou. Ande, vá para casa e traga o dinheiro. Senão vamos comer você, somos magros e estamos com fome, certo? Não é, cabeça oca? — ele perguntou, rindo, ao seu camarada. — Nós nos alimentamos de gente como você. É brincadeira, claro.
Eles desceram todos juntos do caminhão e foram para um terreno baldio onde estavam espalhados prédios, pelo visto ainda não habitados, com aparência de serem novos.
Em todo caso, não se viam luzes neles. Só os postes ardiam, iluminando as janelas escuras e sem vida.
A moça, ainda com esperanças de algo, foi até o último prédio e parou.
Seus companheiros de viagem pararam também.
— É aqui? — perguntou o motorista gargalhador.
— Pode ser — respondeu a moça brincando, petrificada pelo constrangimento: agora iam descobrir que ela havia esquecido tudo.
Eles entraram na portaria e começaram a subir por uma escada escura.
Que bom que a luz dos postes penetrava pela janela e os degraus estavam visíveis.
Silêncio total na escada. Quando chegaram a um andar qualquer, a moça parou na primeira porta que apareceu, tirou a

chave do bolso, e, para seu espanto, a chave girou na fechadura com facilidade.

A entrada estava vazia, eles seguiram em frente, o primeiro quarto também, e no segundo, no canto mais afastado, havia uma porção de coisas incompreensíveis.

— Está vendo, não tenho dinheiro, pegue essas coisas — disse a moça, voltando-se para seus convidados.

Nisso ela notou que o motorista ainda estava dando um risinho largo, e o homem de capuz ainda escondia o rosto, se virando.

— E o que é isso? — perguntou o motorista.

— São as minhas coisas, não preciso mais delas — respondeu a moça.

— Você acha? — perguntou o motorista.

— Claro — disse a moça.

— Então, tudo bem — ouviu-se o motorista falar, inclinando-se sobre o monte.

Ele e o passageiro começaram a examinar as coisas e até puseram algo na boca.

A moça recuou em silêncio e foi para o corredor.

— Já volto — gritou, ao ver que eles haviam levantado a cabeça para o lado dela.

No corredor, na pontinha dos pés, com passos largos, ela alcançou a porta e se viu na escada.

O coração batia forte, martelava na garganta ressecada.

Não conseguia respirar de jeito nenhum.

"Mesmo assim, que sorte que o primeiro apartamento que apareceu se abriu com a minha chave", pensou ela. "Ninguém notou que eu não me lembro de nada."

Ela foi para o andar de baixo e ouviu passos rápidos atrás de si.

Então lhe ocorreu usar a chave de novo.

E, por estranho que pareça, a primeira porta se abriu, a moça se esgueirou para dentro do apartamento e fechou a porta. Estava escuro e silencioso.

Ninguém a seguiu, não bateram na porta, talvez os desconhecidos já tivessem descido pela escada, arrastando as coisas encontradas, e deixado a pobre moça em paz.

Agora seria possível pensar melhor sobre sua situação.

No apartamento não estava muito frio, isso já era bom. Até que enfim havia encontrado um abrigo, mesmo que temporário, e podia se deitar em algum canto.

O pescoço e as costas dela doíam de cansaço. A moça andou em silêncio pelo apartamento, na janela batia a luz dos postes da rua, os quartos estavam absolutamente vazios.

Porém, quando ela entrou na última porta, o coração começou a bater forte: no canto havia uma pilha de coisas.

No mesmo canto que no andar de cima.

A moça ficou de pé, esperando algum acontecimento novo, mas nada aconteceu, então ela se aproximou da pilha e sentou nos trapos.

— O que deu em você, está louca? — começou a gritar uma voz meio abafada, e ela sentiu que os trapos embaixo de si se mexiam como se estivessem vivos, como se fossem cobras.

Então, ao lado dela surgiram duas cabeças e quatro braços, um atrás do outro, seus dois conhecidos, remexendo-se bastante, se moviam no meio dos trapos, até que se livraram deles.

A moça correu para a escada. As pernas pareciam algodão.

Atrás dela, alguém saiu se arrastando ativamente para o corredor.

E, então, ela viu uma faixa de luz por debaixo da porta mais próxima.

A moça, de novo de forma inesperada, usou a chave, abriu com facilidade o apartamento em frente e entrou de um impulso, depois fechou a porta depressa.

Diante dela, na soleira, havia uma mulher com um fósforo aceso na mão.

— Me salve, pelo amor de Deus — sussurrou a garota.

Na escada já se escutavam sussurros, como se alguém estivesse se aproximando lentamente.

— Entre — disse a mulher, levantando mais o fósforo que se apagava.

A moça deu mais um passo e fechou a porta.

A escada estava silenciosa, como se alguém estivesse parado para refletir.

— E você, por que está forçando portas durante a noite? — perguntou meio grosseira a mulher com o fósforo.

— Vamos para lá — sussurrou a moça —, para algum lugar, eu vou explicar tudo.

— Não posso ir para lá — disse a mulher em voz baixa. — O fósforo vai se apagar no caminho. Só nos dão dez fósforos.

— Eu tenho fósforos — alegrou-se a moça —, tome. — Ela tateou, achou a caixinha no bolso do sobretudo e estendeu para a mulher.

— Acenda você mesma — pediu a mulher. A moça acendeu, e com a luz oscilante do fósforo elas andaram pelo corredor.

— Quantos você tem? — perguntou a mulher, olhando para a caixinha.

A moça fez barulho com os fósforos.

— Pouco — disse a mulher. — Deve ter uns nove.

— Como escapar? — cochichou a moça.

— Você pode acordar — respondeu a mulher —, mas isso não acontece sempre. Eu, por exemplo, já não vou acordar mais. Não tenho mais fósforos, acabou-se o que era doce.

E ela começou a rir, deixando à mostra uns dentes grandes. Ela ria muito baixo, sem som, como se quisesse abrir a boca o máximo possível, como se estivesse bocejando.

— Quero acordar — disse a moça. — Vamos terminar esse sonho terrível.

— Enquanto o fósforo estiver queimando, você ainda pode se salvar — disse a mulher.

— Meu último fósforo eu gastei só porque quis ajudar você. Agora para mim já não faz diferença. Eu até quero que você fique aqui. Sabe, é tudo muito simples, não precisa respirar. Você pode voar na hora para onde quiser. Não precisa de luz, não precisa comer. O sobretudo preto salva você de qualquer desgraça. Logo vou voar para ver como estão meus filhos. Eles eram muito danados e não me obedeciam. Uma vez o menor cuspiu na minha direção quando eu disse que o papai havia partido. Começou a chorar e cuspiu. Agora eu já não consigo amá-los. Ainda sonho voar e olhar como estão lá meu marido e a amiguinha dele. Agora sou indiferente a eles. Agora eu entendi muita coisa. Eu era tão boba!

E ela começou a rir de novo.

— Com esse último fósforo, minha memória voltou. Agora me lembrei de toda a minha vida e acho que eu não tinha razão. Estou rindo de mim mesma.

Ela de fato ria de orelha a orelha, mas sem som.

— Onde estamos? — perguntou a moça.

— Essa pergunta não tem resposta, você mesma vai ver logo, logo. Vai haver um cheiro.

— Quem sou eu? — perguntou a moça.

— Você vai ficar sabendo.

— Quando?

— Quando acabar o décimo fósforo.

Mas o fósforo da moça já estava quase terminando de queimar.

— Enquanto ele queima, você pode acordar. Mas não sei como. Eu não consegui.

— Como você se chama? — perguntou a moça.

— Logo escreverão meu nome com tinta a óleo na tabuinha de ferro. E vão cravar num montinho de terra. Então eu vou ler e descobrir. A lata de tinta e a plaquinha vazia estão prontas. Mas isso só eu sei, os outros ainda não estão a par. Nem meu marido, nem a namorada dele, nem meus filhos. Como é vazio!
— disse a mulher. — Logo vou sair voando e me ver lá de cima.
— Não saia voando, eu lhe peço — disse a moça. — Quer meus fósforos?
A mulher pensou e disse:
— Acho que vou pegar um. Ainda acho que meus filhos me amam. Que eles vão chorar. Que ninguém no mundo os quer, nem o pai deles, nem a nova mulher.
A moça pôs a mão livre no bolso e junto com a caixinha de fósforos tateou o papelzinho.
— Veja o que está escrito aí! "Peço que não culpem ninguém. Mamãe, perdão." Antes ele estava em branco!
— Ah, você escreveu assim. Eu escrevi: "Não quero mais isso, crianças, amo vocês". Ele se revelou há pouco tempo.
A mulher tirou do bolso do sobretudo preto seu papelzinho. Ela começou a lê-lo e exclamou:
— Veja, as letras estão se dissolvendo! Talvez alguém ainda esteja lendo este bilhete! Ele caiu nas mãos de alguém... Não tem a letra "n", nem a letra "o"! E a letra "r" está derretendo!
Então a moça perguntou:
— Você sabe por que estamos aqui?
— Sei. Mas não vou dizer a você. Você mesma vai descobrir. Ainda tem fósforos de reserva.
A moça então tirou do bolso a caixinha e estendeu para a mulher:
— Pegue tudo! Mas me diga!
A mulher separou metade dos fósforos para si e disse:
— Para quem você escreveu esse bilhete? Lembra?

— Não.
— Então acenda mais um fósforo, esse já queimou inteiro.
A cada fósforo queimado eu me lembrava mais.
A moça pegou então todos os seus quatro fósforos e acendeu. De repente tudo se iluminou diante dela: que estava de pé num banquinho debaixo de um cano; que sobre a mesa estava o bilhetinho: "Peço que não culpem ninguém"; que em algum lugar ali, atrás da janela, estava a cidade à noite e nela havia um apartamento onde seu amado, seu noivo, não queria mais chegar perto do telefone depois de saber que ela teria um filho, e a mãe dele pegava o telefone e sempre dizia: "Quem é e o que deseja?"
— apesar de saber muito bem quem era e o que desejava...
O último fósforo terminou de queimar, mas a moça queria muito saber quem estava dormindo do outro lado da parede do seu próprio apartamento, quem ali, no último quarto, ressonava e gemia, enquanto ela estava no banco e amarrava seu cachecol fino ao cano debaixo do teto.
Quem estava dormindo no quarto vizinho, quem estava dormindo e quem não estava dormindo, e sim deitado olhando com olhos doloridos para o vazio, chorando.
Quem?
O fósforo já tinha queimado quase todo.
Mais um pouco e a moça entendeu tudo.
E então, encontrando-se naquele prédio escuro e vazio, ela agarrou seu pedacinho de papel e o queimou!
E viu que lá, naquela vida, do outro lado da parede, ressonava seu avô doente, e a mãe estava deitada numa caminha dobrável perto dele, porque ele havia adoecido gravemente e pedia algo para beber o tempo todo.
Porém havia mais alguém ali, cuja presença ela sentia claramente, e que a amava: mas o papelzinho logo queimou nas mãos dela.

Esse homem estava em frente a ela em silêncio, tinha pena e queria ampará-la, mas ela não conseguia vê-lo e escutá-lo e não queria falar com ele, a alma dela estava dolorida demais, ela amava o noivo e apenas ele, ela não amava mais nem a mãe, nem o avô, nem aquele que estava diante dela naquela noite e tentava consolá-la.

E no último instante, quando terminou de arder a última chama do seu bilhete, quis falar com aquele homem que estava diante dela, no chão, e os olhos dele estavam na altura dos olhos da moça, de alguma forma isso havia acontecido.

Mas o pobre papelzinho já havia queimado até o fim, como estavam se queimando os restos da sua vida ali, no quarto com a lampadazinha. E a moça então tirou o sobretudo preto e, queimando os dedos, tocou com as últimas chamas o tecido seco e preto.

Algo soltou um estalo, um cheiro de chamuscado, e do outro lado da porta duas vozes começaram a gritar:

— Tire seu sobretudo rápido! — gritou ela para a mulher, mas ela já estava rindo calmamente, escancarando a boca larga, e nas mãos dela terminava de queimar o último fósforo...

Então a moça — que também estava ali, no corredor escuro diante do sobretudo preto fumegante, e lá, em casa, debaixo da lâmpada, via diante de si alguém carinhoso, com os olhos bondosos —, a moça tocou com sua manga fumegante a manga da mulher de pé, e então ressoou mais um lamento duplo na escadaria, e do sobretudo da mulher saía uma fumaça cinzenta, e a mulher assustada tirou o sobretudo e desapareceu na mesma hora.

E tudo ao redor dela desapareceu também.

Naquele instante a moça já estava de pé no banco com o cachecol amarrado no pescoço e, engasgando com a saliva, olhava para a mesa onde o bilhete branquejava, e diante dos olhos flutuavam círculos de fogo.

No quarto vizinho alguém começou a gemer, tossindo, e ouviu-se a voz sonolenta da mãe: "Pai, vamos beber um pouco?".

A moça estendeu o cachecol no pescoço o mais rápido que podia, respirou ofegante, com dedos desobedientes desfez o nó no cano debaixo do teto, saltou do banco, amassou seu bilhetinho e desabou na cama, cobrindo-se com o cobertor.

E bem na hora. A mãe, apertando os olhos por causa da luz, olhou para dentro do quarto e disse queixosamente:

— Meu Deus, que sonho terrível eu tive... Havia um pedaço de terra enorme no canto, e dele saíam raízes... E sua mão... Ela se estendia na minha direção, e dizia: "Me ajude...". Por que você está dormindo de cachecol? Está com dor de garganta? Vou cobrir você, minha pequena... Eu chorei no sonho...

— Ai, mãe — respondeu a filha com seu tom habitual. — Você, sempre com esses sonhos! Podia me deixar em paz pelo menos uma noite! São três da manhã, aliás!

E ela pensou o que seria da mãe se tivesse acordado dez minutos antes...

Em algum lugar na outra ponta da cidade, uma mulher vomitou o amargor dos comprimidos e gargarejou cuidadosamente.

Depois ela foi para o quarto das crianças, onde dormiam seus filhos bem crescidos, de dez e dezessete anos, e ajeitou o cobertor que eles tinham derrubado.

Depois caiu de joelhos e começou a pedir perdão.

A história do relógio

Era uma vez uma mulher pobre. O marido dela havia morrido há muito tempo, e ela mal conseguia pagar as contas do mês. A filha dela havia crescido, era bonita e inteligente, e notava tudo ao seu redor: quem estava vestindo o que e quem usava o que.
 A filha chegava da escola para casa e começava a se enfeitar com os adornos da mãe, mas a mãe era pobre: tinha só um vestido bom, e ainda por cima remendado, e um chapéu de florzinha velho. Então, a filha colocava o vestido e o chapéu e saía por aí, mas algo não dava certo, ela não ficava vestida como as amigas.
 A filha começou a remexer no armário e encontrou uma caixinha, e nessa caixinha havia um reloginho.
 A filha se alegrou, pôs o reloginho no braço e foi passear. Andava e olhava para o relógio. Então, uma certa velha se aproximou e perguntou:
 — Menina, que horas são?
 E a menina respondeu:
 — Cinco para as cinco.
 — Obrigada — disse a velha.

A menina saiu passeando de novo, e às vezes dava uma olhada no relógio. Novamente se aproximou a velha.

— Que horas são, menina?

Ela respondeu:

— Cinco para as cinco, vovó.

— Seu relógio está parado — disse a velha. — Por sua causa eu quase perdi a hora!

Então a velha saiu correndo, e na mesma hora começou a escurecer. A menina queria dar corda no relógio, mas ela não sabia como fazer isso. À noite, perguntou para a mãe:

— Mãe, como se dá corda num relógio?

— O quê, você agora tem um relógio? — perguntou a mãe.

— Não, é só uma amiga minha que tem um relógio, e ela quer me dar para eu usar por um tempo.

— Nunca dê corda num relógio que você encontrar por acaso — disse a mãe. — Pode acontecer uma grande desgraça, lembre-se disso.

À noite a mãe encontrou a caixinha com o relógio no armário e escondeu numa panela grande que a filha nunca notava.

Mas a menina não dormiu e viu tudo.

No dia seguinte ela pôs o relógio de novo e saiu para a rua.

— E então, que horas são? — perguntou a velha, que apareceu de novo.

— Cinco para as cinco — respondeu a menina.

— De novo cinco para as cinco? — a velha começou a rir.

— Me mostre o seu relógio.

A menina escondeu o braço atrás das costas.

— Estou vendo que é um objeto delicado — notou a velha.

— Mas se ele não está funcionando, então o relógio é falso.

— É falso! — disse a menina e correu para casa.

À noite ela perguntou para a mãe:

— Mamãe, temos um relógio?
— Se temos? — respondeu a mãe distraidamente. — Não temos um relógio de verdade. Se tivéssemos, há muito tempo eu teria vendido e comprado um vestido e um sapatinho para você.
— E um relógio falso, temos?
— Também não temos um relógio desses — disse a mãe.
— Não temos nenhum, nenhum?
— Antigamente tínhamos o relógio da minha mãe — respondeu a mãe. — Mas ele parou quando ela morreu, às cinco para as cinco. Não o vi mais.
— Ah, como eu queria ter esse! — exclamou a menina.
— É muito triste olhar para ele — respondeu a mãe.
— Para mim, não é nem um pouco! — esbravejou a menina.

E elas foram dormir. À noite a mãe voltou a esconder a caixinha com o relógio, dessa vez numa mala, mas a filha de novo não dormiu e viu tudo.

No dia seguinte a menina saiu para passear e ficava olhando para o relógio o tempo todo.

— Por favor, que horas são? — perguntou a velha, surgida não se sabe de onde.

— Ele não funciona, e não sei como dar corda — queixou-se a menina. — É o relógio da minha avó.

— Sim, eu sei — respondeu a velha. — Ela morreu às cinco para as cinco. Bom, está na minha hora, senão eu me atraso de novo.

Então ela partiu e ficou escuro no pátio. Mas a menina não teve tempo de esconder o relógio na mala e simplesmente pôs debaixo do travesseiro.

No dia seguinte, ao acordar, a menina viu o relógio no braço da mãe.

— Olha aí — a menina começou a gritar —, você me enganou, nós temos um relógio, me dá agora mesmo!

— Não dou! — disse a mãe.

Então a menina começou a chorar amargamente. Ela disse para a mãe que logo iria embora para longe dela, que todos tinham sapatos, vestidos, bicicletas, e ela não tinha nada. A menina começou a juntar suas coisas e soltou um grito dizendo que ia embora morar com uma velha que a havia convidado.

Sem falar uma palavra, a mãe tirou o relógio do braço e deu à filha.

A menina saiu correndo para a rua com o relógio no braço, e, muito satisfeita, começou a passear para lá e para cá.

— Olá! — disse a velha que apareceu. — E então, que horas são?

— Agora são cinco e meia — respondeu a menina.

Então a velha estremeceu um pouco e começou a gritar:

— Quem deu corda no relógio?!

— Não sei — se surpreendeu a menina, pondo a mão no bolso.

— Será que foi você quem deu corda?

— Não, o relógio estava na minha casa debaixo do travesseiro.

— Ai, ai, ai, quem foi que deu corda no relógio? — começou a gritar a velha. — Ai, ai, o que fazer!? Será que ele andou sozinho?

— Talvez — respondeu a menina e tentou sair correndo para casa, assustada.

— Pare! — gritou a velha ainda mais alto. — Não quebre esse relógio, não deixe que ele caia. Esse relógio não é comum. É preciso dar corda nele a cada uma hora! Senão, acontecerá uma grande desgraça! É melhor você entregá-lo para mim agora mesmo!

— Não entrego — disse a menina e quis sair correndo, mas a velha a segurou:

— Espere. Quem deu corda nesse relógio também deu corda em seu próprio tempo de vida. Entendeu? Vamos supor que a sua mãe tenha dado corda: então, ele vai medir o tempo de vida dela, e ela precisa dar corda nesse relógio a cada uma hora, senão ele vai parar e sua mãe morrerá. Mas isso ainda é metade da desgraça. Porque se ele andou sozinho, então ele começou a contar o meu tempo de vida.

— E eu, onde fico? — disse a menina. — O relógio não é seu, é meu.

— Se eu morrer, o dia morrerá, ora! — exclamou a velha.

— Todo fim de tarde eu solto a noite e deixo o mundo descansar! Se o meu tempo parar, será o fim para todos!

E a velha começou a chorar, sem soltar a menina.

— Eu te darei tudo o que você quiser — dizia ela. — Felicidade, um marido rico, tudo! Só descubra quem deu corda no relógio.

— Quero um príncipe — observou a menina.

— Corra, corra logo para a sua mãe e pergunte quem deu corda no relógio! Você terá um príncipe! — começou a gritar a velha e empurrou a menina para a porta.

A menina se arrastou para a casa a contragosto. A mãe dela estava deitada na cama, de olhos fechados e se agarrando forte no cobertor.

— Mamãe!? — perguntou a menina. — Querida, amada, me diga, quem deu corda no relógio?

A mãe respondeu:

— Fui eu que dei corda no relógio.

A menina se inclinou para fora da janela e gritou para a velha:

— Foi a minha própria mamãe que deu corda, fique tranquila!

A velha acenou com a cabeça e sumiu. Começou a escurecer.

A mãe disse para a filha:

— Me dê o reloginho, vou dar corda. Senão vou morrer em alguns minutos, estou sentindo.

A menina estendeu o braço para ela, a mãe deu corda no relógio.

A menina ficou indignada:

— E agora você vai pedir o meu relógio a toda hora?

— Fazer o quê, filha? Quem pôs o relógio para funcionar deve dar corda nele.

A menina quase começou a chorar.

— Isso quer dizer que não vou poder ir para a escola com esse reloginho?

— Pode, mas aí eu vou morrer — respondeu a mãe.

— Você faz sempre isso, primeiro me dá uma coisa, depois tira! — exclamou a menina. — E como eu vou dormir agora? Você vai começar a me acordar a cada hora?

— Fazer o quê, filha? Senão eu morro. E aí quem vai te alimentar? Quem vai cuidar de você?

A menina disse:

— Seria melhor que eu mesma desse corda nesse relógio. O relógio é meu, eu iria com ele para todo lugar e eu mesma daria corda nele. Mas agora você vai ter que ir para todo lugar atrás de mim.

A mãe respondeu:

— Se você mesma desse corda nesse relógio, você não conseguiria acordar à noite a cada hora. Você certamente dormiria a mais e morreria. Eu não conseguiria te despertar, você nunca gostou de acordar. Por isso mesmo eu escondi esse relógio de você. Mas eu notei que você o encontrava, e tive que dar corda nesse relógio eu mesma. Senão você passaria na minha frente. E eu já me esforço agora para não dormir. Não tem problema se eu dormir alguma hora. Desde que você fique viva. Eu vivo só para você. E enquanto você é pequena eu preciso dar corda no relógio com pontualidade. Por isso entregue-o para mim.

E ela tirou o relógio da menina. A menina chorou por muito tempo, ficou com raiva, mas não havia o que fazer.

Desde então se passaram muitos anos. A menina cresceu, se casou com um príncipe. Agora ela tinha tudo o que queria: muitos vestidos, chapéus e relógios bonitos. E a mãe vivia como antes.

Uma vez a mãe chamou a filha por telefone e, quando ela chegou, disse:

— Meu tempo de vida está acabando. O relógio está andando cada vez mais rápido, e vai chegar o momento em que ele vai parar logo depois que eu der corda. No passado minha mãe morreu assim. Eu não sabia nada sobre ele, mas veio uma velha e me contou. A velha implorou para que eu não jogasse o relógio fora, senão aconteceria uma desgraça terrível. Eu também não tinha direito de vender o relógio. Mas eu consegui salvar você, e sou grata por isso. Agora estou morrendo. Enterre o relógio comigo, e que mais ninguém, inclusive sua filhinha, nunca saiba da existência dele.

— Tudo bem — respondeu a filha. — E você não tentou dar corda nele?

— Eu faço isso a cada cinco minutos, agora já estou fazendo a cada quatro.

— Deixe que eu tento — pediu a filha.

— Está louca? Não toque nele! — gritou a mãe. — Senão ele vai começar a medir o tempo da sua vida. E você tem uma filha pequena, pense nela!

Passaram-se três minutos e a mãe começou a morrer. Ela apertou forte os dedos da filha com uma mão, e a outra, a do relógio, escondeu atrás da cabeça. E a filha sentiu que a mão da mãe estava mais fraca. Então ela viu o relógio, tirou-o do braço da mãe e rapidamente deu corda nele.

A mãe suspirou profundamente e abriu os olhos. Ela viu a filha, viu o relógio no braço dela e começou a chorar.

— Por quê? Por que você deu corda nesse relógio de novo? O que vai acontecer agora com sua filha?

— Nada, mãe, agora eu aprendi a não dormir. A menina chora à noite, eu me acostumei a acordar. Não vou dormir demais e perder a vida. Você está viva, é o que importa.

Elas passaram muito tempo sentadas juntas, e a velha passou atrás da janela. Ela soltou a noite sobre a terra, acenou com a mão e, satisfeita, partiu. E ninguém ouviu quando ela disse:

— Bom, por enquanto o mundo continua vivo.

1ª EDIÇÃO [2018] 2 reimpressões

ESTA OBRA FOI COMPOSTA EM ELECTRA PELO ACQUA ESTÚDIO
E IMPRESSA PELA LIS GRÁFICA EM OFSETE SOBRE PAPEL PÓLEN SOFT
DA SUZANO S.A. PARA A EDITORA SCHWARCZ EM ABRIL DE 2021

A marca FSC® é a garantia de que a madeira utilizada na fabricação do papel deste livro provém de florestas que foram gerenciadas de maneira ambientalmente correta, socialmente justa e economicamente viável, além de outras fontes de origem controlada.